童嘉通诗草

童嘉通 著

扬州小巷的诗

广陵书社

小巷笔记

（自序）

  2013年的扬州夏天，不但特别热，而且热的时间也特别长。对于像我这样怕热的人来说，该是热不可挡；实际情况并非如此。天大热，我汗大流，每天在小巷里钻来钻去；也许是心里有所期盼，并未感到酷暑难忍，反倒觉得这个夏天很充实。

  初夏从北戴河创作之家归来，不由分说，一头就扎进小巷中去了。先钻童年记忆中的巷子，一条一条被找到，一首又一首诗也就跟着出来了。出来的第一首诗就是《打铜巷》。为了写好这首诗，顶着太阳骑自行车，跑了两个下午，记下湾子街共有240户人家，画下街上的所有小巷。打铜巷共有24户门牌，特别注意它从湾子街转弯的"弯子"，很明显，"一弯再弯"已不够准确，必须阐明"先右后左再左弯"，这才收获这首诗的重要意象："弯成了一只舀水的瓢"。好的、奇特的意象抓住了，诗就等于写成一大半了。

  钻巷中，也碰到一找、二找不达，三找才找到，吃吃看巷就是其中之一。童年记忆中的这条小巷，名字记得清清楚楚，具体位置记不清了。问中年人摇头，回答很简单，没听说过还有这么条巷子；问与我年龄相仿的老人，得到的回答很肯定，但也记不起在哪里了；直到耿家巷一位老者指点，说是在银河商厦西边。循话去寻，汗湿衣衫，依旧落空。

夜间苦思。童年的记忆出错了么？不会。闭目回到七十年前。你别说，从前的一切都回来了，照壁后，炭箕作，紫气东来巷，罗湾街，琼花观街……回放到此，一个重要的醒悟跑了出来：如今的东关中心小学，即当年的琼花观小学，学校有一个圆门；不错，那条巷子就在小学的东边。次日虽高温，跟着记忆走，还真的找到了，在槐树中巷和安乐巷之间，难找就难找在没有巷牌了，小巷仅剩巷尾一小段了，无声息地与安乐巷34号南侧对接。但还是够高兴的了，童年的朋友找到了，前面的门牌早被拆掉盖成大楼了，如今吃吃看巷的第一户就是13号，有总比没有了的好。吃吃看巷，我不说为你骄傲，但不能不为你而诗。

诸如此类的惊喜多多有之。羊巷也是一例。认识吃吃看巷，已上中学了；认识羊巷还在小学。小学校长顾永建，其父是著名画家顾伯逵，特别擅长画猴；顾永建的小妹顾永珍，又是我南京上学时同年级不同班的同学。所述这些，说的是这一家子都住在羊巷。今日重走，心已敲定诗的走向，小巷未走完，诗就出来了，两节六行。我54年学诗路上，绝大多数的诗，都得敲打数稿，所以很多诗，哪怕是几十年前的诗作都能背诵；只有很少诗作能所谓的

"一挥而就"，而《羊巷》就是其中之一。

扬州小巷，内涵深邃；到小巷里走走，头脑清新，四肢活络，更有历史厚重滋养。试想，如果没有这五百多条蛛网般的小巷血管，古城能如此美丽么？

夏日过去，小巷也跑了不少，成诗的约有五十条。好友开我玩笑，说我今年发疯，大热天像个"小巷贩子"；我听了却很高兴，证明跑对了。记得在跑东关街时，记并画下每一条小巷，不少人很关心，围上来问这问那。其中一人问道：你这条巷子从哪里来的？他问的是田家巷。当我告诉这位年轻人这条巷子的来龙去脉，他也感慨万分：可惜了。有位老人抓住我的手，说费你的心，将几百条巷子都写成诗吧，留给古城，留给后人。我告诉他，不是每条巷子都能找到诗的，即使"硬写"出来，也只是分行句式排列，而不是诗；但我会努力。由此可见，扬州小巷在扬州人民心中的位置和根基，多么深厚又多么宽广。

或人文，或名人，或典故，或传说，或意象，还要继续向小巷深处走去。小巷排列依得诗时日为序。亦可读到诗者一步比一步艰难，难在不能重复自己；还可读到诗者为诗滑没滑坡。

需要赘言的一条小巷，不写吧，怕好事者风言："不是称能么，为何这条巷子写不出来？"其实，冒着高温，我跑了三次；虽然早就更名为崇俭巷了，但巷内鸦雀无声，似乎掂出巷内人家至今还有些压抑。诗是出来了，压在电脑里，几经斟酌，决定还是拿出来，编入书中，还小巷那段真实历史，这就是闻名遐迩的多宝巷。

小巷的诗，停笔一年多。反正又不急于出版，决定重跑一些小巷，2015年12月12日，邀约扬州20位老中青文友"羊年举杯"，一位长者提示我，街巷的诗，一首不能尽兴，不妨写两首三首。循着他的话，一跑又跑出这么多巷陌的诗；特别是古城开城第一街，竟跑出15首之多。这些诗或插入，或列后，权作补遗。

留下前几年宏观扬州写下的一首词《扬州小巷》（板桥道情）作为开篇，《犁巷》小诗代跋。

是为序。

童嘉通

2013.12.31于扬州

2016.11又笔

目录

001 扬州小巷

004 打铜巷

005 驼岭巷

006 犁头街

007 仁丰里

008 鸟瞰仁丰里

010 龙舟仁丰里

011 旧城八巷

013 院东街

014 琼花观街

015 钞 关

016 辕门桥

017 左卫街

018 牌坊巷

019 大武城巷

020 埂子街

021 兴隆桥东

023 院大街

025 南门街

026 史 巷

027 牛录巷

028 照壁后

029 羊 巷

030 问亭巷

031 铁货巷

032 安乐巷

034 东圈门

036 东圈门16号

038 小巷三节棍

039 徐凝门

041 描金巷

042 永胜街

044 新胜街

045 得胜桥

046 芦刮刮巷

048 火 巷

050	旌忠巷
051	问井巷
052	田家巷
053	中小街
054	剪刀巷
055	雀笼巷
056	北柳巷
058	炭箕作
060	罗湾街
061	丰乐上街
062	丰乐下街
064	风箱巷
065	三义阁
066	砂锅井
068	弥陀巷
069	探花巷
071	地官第
072	吃吃看巷
073	二郎庙南巷
074	天宁门街

076	观　巷
077	苏唱街
078	金桂圆巷
080	五蝠·五福
082	灯草行
084	铁锁巷
085	罗甸巷
086	新古一巷
087	傅家甸
088	韦家井
090	大树巷
091	粉妆巷
093	斗鸡场
094	古旗亭街
095	大方巷
096	薛家巷
097	三祝庵街
098	居士巷
099	石狮子一巷
100	石狮子三巷

129	马神庙巷
130	南城根
102	大、小东门街	132	北城根
103	木香巷	133	浴堂巷
104	丁家湾	134	龙头关巷
106	紫气东来巷	136	小东门凹街
108	黑婆婆巷	137	螺丝结顶
109	螃蟹巷	138	皇　宫
110	益人巷	140	达士巷
111	三多巷	141	福寿庭
113	砚池街	143	旗杆巷
115	金鱼巷	144	小李官人巷
116	红毛狮巷	145	多子街
118	大实惠巷	146	模范马路
120	小实惠巷	147	玉井巷
121	圆通里	148	曹李巷
122	卸甲桥	149	路灯台
123	南河下	150	牛背井
124	北河下	151	大、小十三湾
126	缺口街	153	广储门街
127	鹅颈项弯		
128	灯笼巷		

155	康山街		
156	大草巷	181	枇杷巷
157	小草巷	183	玉水巷
158	观风巷	184	板井巷
159	滚龙井巷	186	如意巷
160	便益门外街	188	多宝巷
162	洼字街	190	书院巷
164	广储门外街	191	昇益巷
166	花井南巷	192	下铺街
167	樊家园	193	东营二圈门
168	运司公廨	194	引市街
170	碧罗春巷	195	大、小羊肉巷
172	石将军巷	197	蒸笼巷
173	羊胡巷	198	兵马司巷
174	元宝巷	199	鸡鸭巷
175	方圈门	200	古　巷
176	疏理道·安家巷	201	大汪边
177	十八家	203	雅官人巷
178	马监巷	205	双桂巷
180	蒋家桥	207	礼拜巷
		209	瓦匠营巷

210	仓　巷
211	新仓巷
212	大、小莲花桥
213	轿坊巷
215	石牌楼
217	蛇尾巷
218	务本巷
219	南、北讲经墩
220	金雀巷
221	彩衣街
222	大、小可以巷
223	兜兜巷
224	育婴堂巷
225	如来柱
226	三元巷
227	花局巷
228	串殿巷
229	龙背不称街也不称巷
230	缸　巷
231	芍药巷

232	嵇家湾
233	黄牛巷
234	牛奶坊
235	极乐巷
236	报恩寺巷
237	正谊巷
239	常府巷
241	观音堂巷
242	戴家湾
243	夹剪桥
245	皮市街
247	万寿街
248	诗意万寿街
249	二畔铺
251	巴总门
252	猪头山
253	状元巷
254	买春巷
255	粉南巷
257	马市口

259　东岳巷

261　毓贤街

262　参府街

263　小耿家巷

265　甘泉街

266　堂子巷

267　赞化巷

268　枯井巷

270　油货巷

271　水仓巷

272　屈　巷

273　砖　街

274　宝华里

275　东关街

277　一条有记忆的街

278　捏面人

279　铜铸：黄包车夫

280　铜铸：剃头挑子

281　铜铸：磨剪抢刀

282　铜铸：修脚师傅

283　铜铸：鞋匠

284　铜铸：滚铁环

285　铜铸：街边大厨

286　铜铸：抽陀螺

287　铜铸：踢毽子

288　画糖画

289　冰糖葫芦

290　吹糖人

291　赵氏汤圆

292　搬不走的东关街

294　斜街不斜

296　小巷簪花图

298　扬州小巷

300　犁巷（代跋）

扬州小巷

（板桥道情）

扬州城，巷子深，
户挨户，门对门，
门里门外一家人。
清晨开门问个早，
小巷虽窄不碍人，
来往行人礼三分。
卖菜的，细语轻声，
买菜的，如拨琴筝。

扬州城，巷子深，
地官第，东圈门，
自东向西通衙门。
小小衙门八字开，
有钱无钱都进来，
衙门从盐不从政。
若从政，为民撑天，
若从盐，为民生存。

扬州城，巷子深，

夏不热，冬不冷，
月下小巷更迷人。
夜风徐徐拂人面，
满耳管弦吐心声，
春江花月又逢春。
吹箫的，闭目轻吐，
拨弦的，如执绣针。

扬州城，巷子深，
如蛛网，遍全城，
恰似血管一根根。
古城千年姿色好，
全靠小巷作支撑，
容光焕发惊世人。
昨天挂，古代星光，
今天挂，时代风灯。

扬州城，巷子深，
青砖路，黑漆门，
深深小巷育伟人。
罗两峰，阮文达，
郑板桥，朱自清……
从古至今如春笋。
昔日星，光华灿烂，
今日星，四海威震。

扬州城，巷子深，
如窖窟，不露真，
一坛美酒代代存。
若要索得小巷语，
不用破译也意会，
请来小巷听雨声：
滴滴滴，滴穿黑夜，
滴滴滴，滴亮清晨。

2006.6.16

打铜巷

湾子街行进至此
宽度不变，路面不变
斜街总的大方向也不变

称谓：由街变巷
街道：一弯再弯
先右后左再左弯
弯成了一只舀水的瓢——

瓢沿两边铜满商家户户
铜匠铺，敲着各家祖传的谱
打罐打铫壶……

如今小巷盛市不再
巷内一片沉寂，空空荡荡
不打铜的打铜巷
再也不响

2013.6.18

驼岭巷

一条通往逝去岁月的隧道

一步十年　百多步
就回到了唐朝……

古槐虽已一千多岁
为老而尊，无言为言
依然正气一身、华发妖娆

百来米窄窄、直直的驼岭巷
不是历史留下的一纸封条

西接淮海北路
东达汶河大道
人们眼里才幻出彩虹
——一架连接古今的桥

2013.6.18

犁头街

一条纵街和一条横街
行将交汇不远处
不知哪位智者
吆牛扶犁，犁通这条
牵着纵横二街的牛鼻子眼

随犁头而下的商行种子
密密麻麻如花盛开
挤是挤了点，热闹非凡
天天像过年

说是街衢
实为巷陌

2013.6.18

仁丰里

仁丰里
是因为旌忠禅寺在你巷子里
才叫仁丰里?

是因为巷里人家勤劳又殷实
才叫仁丰里?

你伸出数条巷中巷至河边
为欣赏小秦淮洞箫横笛?

站在老同学家91号门前向南望去:
香筒一只,香案十里……

2013.6.20

鸟瞰仁丰里

自大东门桥西张开翅膀
读书般，一路南飞瞰望：
纵也十巷、九巷
横也十巷、九巷，且左右对仗

越过两条纵巷连成的舵柄
一条龙舟闪闪发光
无须皮尺拉来量去
三米宽、七百米长

左舷，头巷至十巷
——十支长桨
像要摇醒小秦淮的梦
右舷，曹李、旌忠等巷
——十支长桨
欲拨汶河波浪……

威风凛凛千年
仁丰里号龙舟，不失辉煌
趁盛唐大潮划来

乐于在此息鼓停桨，认定

这里就是故乡

2015.10.31

龙舟仁丰里

都将你比作鱼骨状
究其形，也确实有点像
不知神似之美，藏匿何方？

步步淘金，终发现你龙舟模样
自北而南，小巷是舟楫
左舷十支，拨动小秦淮河水
右舷十支，拍打汶河波浪……

龙舟上，人来人往，虽无百业
店挨店，店挤店，挂满灯幌
女小说家也设工作室舟上笔耕
有一截还成了旌忠禅寺山墙

你大度，保留鱼骨，放飞遐想
一条三米宽，七百米长
天下第一龙舟，历古在此泊港

2023.9.12

旧城八巷

头巷至十巷十个弟兄中
数你最有艺术细胞
开设广陵花社品茶尝点

教场的高驼子
昆曲谢春江
古琴广霞
竹笛王朗
每每夕阳衔山、华灯初上
鸟投林般飞来八巷回廊

锣鼓引出管弦丝竹
曲房里吹拉弹唱
一派歌舞升平景象

至今七兄九弟仍在
老八竟踪迹全无
不知云游何方？

上了年纪的老人笑捋胡须：

并未挪动半步
东起小秦淮河畔

西至三元巷
八巷早汇入文昌大道新河
任车水马龙流淌……

2015.12.25

院东街

记忆里你宽宽长长
无一正规商店
寂静得无车无马
像是皇宫东边的宫河一弯

今日造访
既惊讶又十分喜欢
北段的大半截被堵住造屋
剩一小段与琼花路握手寒暄

聊灯红酒绿
聊租铺比登天还难
聊重庆火锅北京烤鸭
聊今日红火源自昨天平淡……

你的华丽转身
催人划桨，催人鼓帆

2015.11.27

琼花观街

拆除城墙，实为你所盼
搁在古运河西岸，像块跳板
斜一个坡，平直西延

路，三百米长石板
街市也简简单单，都是些
豆腐店糖坊剃头店饼面店……

不简单后土祠的那座琼花台
竟让一位帝王命丢魂散
——琼花不为昏君养眼

街西端连着观巷、罗湾
繁华得天天过年，你假作旗杆
撑起红灯笼两串——

而今，默默拼在文昌大道中间
又有几人知晓？跳板
曾将一个王朝颠翻！

2015.11.6

钞　关

将河视为路
将船看成车
钞关，当今的收费站

高速路每隔一段
特设一个休息场
让乘客添茶、吸烟、方便

你将这两副担子挑一肩
沿河边一路开店设摊
给水上行者，方便

都说到这如到家
微笑是钞关的脸
热闹是钞关的每一天

2015.11.9

辕门桥

人们嘴里喊你
早已越过你的原本街衢
是指你南端的十字路口
四条街的商业区

看来你一点也不生气
众花开成春
独木不成林

别看一把油纸伞路中走
既接左檐水
又接右檐雨……

辕门桥成了北京王府井
车水马龙，川流不息
街窄人挤
挤出笔笔财气

2015.11.10

左卫街

如果将多子街比作古城的右臂
你当仁不让是古城的左膀
笔直向东伸去
足足五百米长

茶社茶点布庄，店铺也很紧张
明朝的左守御千户所
就驻扎在这条街上

尤为每天下午茶辰光
满街飘溢着小磨麻油的香
人们快步排成长龙等购
小觉林麻花出堂……

2015.11.8

牌坊巷

不是景阳冈山路
巷中却有一只大老虎

打虎人过冈从不喝酒
一辈子打虎书台
形神兼备，双眼发亮

信得老爷子绝代技艺
堂木不拍自静，招招式式
猜摸大师心底神韵……

牌坊巷没有牌坊
出了一个小王少堂

2013.6.21

大武城巷

巷子不在于多宽多窄
大门开得多了，人家多了
——就活

巷子也不在多短多长
挂起一串灯笼，巷头巷尾
——都亮

镇江人贾颂平经商好手
卖盐卖出实力雄厚
衙门小官见了，也给他磕头

贾园，惊叹东南角小楼的高度
小巷成了旗杆一根
二分明月被挂在上面……

2015.11.28

埂子街

开挖小秦淮
河土向东甩
堆成一条埂子街

原名埂子上
五百六十二米长
高处看风景
御敌成城墙

街西的小巷宽窄不一
统一标准统一材料
都有石板梯子拾级而上

也唤你叫钞关街
南接钞关渡口
繁华和银子像浪花簇簇
爬坡也滚滚来

2015.11.11

兴隆桥东

称你为桥
实为一条小巷
位于埂子街北端西侧
巷中有一个小三元澡堂

澡堂不大，也不豪华
难比教场中央浴室
享名于一个服务行当
扬州三把刀的修脚刀
在这里苦学巧钻

曾几何时
兴隆巷成了一根系船缆绳
领航的是古城第一代女修脚师
陆琴、周业红
率船队扬帆远航……

一条普普通通的小巷
让人们思索、悟想
做人也当如此

平常里有不平常的潜质蕴藏

2015.11.12

院大街

说街并不繁华
说巷也太宽
位于盐院署西侧

当盐院署成了皇宫
当皇宫成了我的中学新华
总让我想象你是一叶樯帆
催我毕业，催我出航

校院西南角的那三间瓦屋
是音乐教室，也是排练场
冼星海的全本《黄河大合唱》
就在这里奏响

这是扬州自古至今首演
指挥：朱元忠、杨先惠
公演地点：树人堂
农民的儿子任领唱……

二十年后远游归来看你

依旧宽宽长长，一叶硕大帆樯
鼓满风，准备启航

2015.11.13

南门街

你这根由北而南的粗壮枝条
出名于停歇一只仙鹤鸟

照壁是鹤嘴
山门是鹤头
南北二井是鹤眼
甬道是鹤颈
大殿是鹤身
南北二厅是鹤翅
两棵柏树是鹤腿
临河一片竹林是鹤尾
一只栩栩如生的仙鹤
不飞

谁赋仙鹤图腾生命?
清白流芳普哈丁

2015.11.26

史 巷

巷里没有一块秦砖
也没有一片汉瓦
像是被人们忘却、尘封
跟半个世纪前没有什么两样
一片竹简，窄窄长长

认识你还藏匿着一点羞愧
年少竟巧遇桃花绽放
来回于××号门前送来送去
不怕路灯几乎昏暗无光
也清楚不可能牵手一生
青涩果既酸也香
总不肯轻易弃放……

如今在巷里走走，停停
停停，走走，望望
小巷像是认出我，竹简依旧
载录正史，也负责记忆存放
刻着我年少时脚印一行

2015.11.13

牛录巷

巷里无牛无草
八旗兵的牛录建制
三百大兵驻扎巷里
牛录就成了巷名

泰州人张三宝
自幼随父一直住巷里
他头戴瓜皮帽
身穿灰布长衫加黑马褂

别看他齿豁老瘪嘴
百鸟朝凤，群犬争食
无所不能模仿，天天教场里转
一口口技名天下

牛录巷听了也高兴
一位艺人居巷里
要牛有牛、要马有马……

2015.11.14

照壁后

未进照壁
心早飞进照壁后
巷子里曾住过我一位故友

记得诗人油菜花地神来之笔
至今还让人赞不绝口

为我改过一个字的那首诗
仍见他红笔圈勾——

我常将这页稿笺当作照壁
追忆当年醉酒吟歌

诗随小巷深藏不露
好人隐身照壁后……

哦，湾子街大树
向北弯去的那根粗壮枝条
挂着我
一颗为了忘却纪念的果

2013.6.22

羊　巷

从东关街东段一个豁口
向南甩出去一根长长的绳子
竟未拴得一只羊

无须皱眉巷名与有羊无羊
顾伯逵①笔下的猴子一拨拨嬉闹出巷
你笑了：猴当羊养

2013.6.27

①顾伯逵（1892—1969），号九峰居士、片石斋老人，
扬州人。9岁随出家镇江金山寺的舅父竺仙学画，并云游四
方。18岁独立作画，兼收石涛、板桥、伯年等名家之长，渐
成俊逸洒脱、激情奔放的艺术风格。早先着意画猴，惟妙惟
肖，自成一绝。兼工人物、山水、花卉、翎毛。偶制灯彩、
风筝，亦匠心独运。

问亭巷

无双亭不存
无亭可问？

天下无双的琼花仍在
小巷依旧一弯二拐苗条身材
引领并为你将美的大门打开

无双亭不存
有亭可问

2013.6.23

铁货巷

巷头巷尾都在同一条街上
仅隔几家店面房
别以为是两条铁货巷
是巷子圈成一只马蹄铁形状

听不到铁锤撞击铁砧的叮当
看不到风箱呼动火苗
也不见对锤的两人身影
货架上没有一把锄头一把镰刀

（说是随上代人带上船走了）

铁货巷无货
如今巷内没有一点声响
唯巷口那棵鸟萝花顺着电灯杆
爬到杆顶吹喇叭
谁也听不懂它吹的什么调调

（人们偶尔莫名一笑有时跟它拍张小照）

2013.6.24

安乐巷

穿布鞋的故乡
诗人认定的那双布鞋
始终没有出巷

一生清贫一生奔波一生奋斗
无安无乐
却留下高耸背影
月色荷塘……

小巷和那位穿布鞋的人一样
恰似一条瘦瘦小溪
默默无声流淌

27号那位租一隅安乐为家
戴眼镜的人①
至今仍守在巷口，讲述生命
不可缺盐的主张

2013.6.25

①朱自清（1898—1948），原名自华，字佩弦，号实秋，文学家、民主战士。祖籍浙江绍兴，生于江苏东海县（今连云港市东海县平明镇）。1903年随家人定居扬州，故自称扬州人。朱自清治学严谨，授课认真，深受学生尊敬。1921年加入文学研究会，成为"为人生"文学思潮的代表作家。1922年，与叶圣陶等人创办我国新文学史上第一个诗刊《诗》月刊。1925年担任清华大学中文系教授。1931年留学英国。抗战期间任西南联大教授，抗战胜利后又回清华任教。毛泽东曾赞扬他"一身重病，宁可饿死，不领美国的'救济粮'"，"表现了我们民族的英雄气概"。

东圈门

偌大一把卡子
全部砖石砌成
圈成巷之门，扼守
向东伸延的那根紫藤——

两边青砖墙不见
早被金盏藤蔓铺陈
户户黛瓦如叶
遮得小巷庭院深深
梦醒时分
稀疏而柔和的一串街灯
——萤火虫列队巡更

西望衙门的圈门
守着一条巷陌一份责任
硕果满藤：
藤上挂着蕃厘观
藤上挂着汪氏小苑
藤上挂着壶园
古城的一支文脉

在藤上传承

哦，圈门无门
古人今人
走近你都悄然无声
不求博大
但求领悟精深
搜寻历史留下的指纹……

2013.6.26

东圈门16号

这里就是江上青①烈士的故居

房主人是谁？已不重要
感恩它曾作摇篮将英雄哺育

两扇黑漆大门成了磁铁
人群潮水般拨来涌去，首选你
担当古城第一缕晨曦……

不挂牌，不编号，大门紧闭
恰似一本厚重的尘封影集
参观者心中早有了命题

门不开启自有不开之理
人们倚门微笑留影
敬仰的目光总想拨宽门缝
将昨天洞悉——

哦，巷墙上凌霄花全都开齐
无数只金喇叭同台演绎

交响二十八岁生命的重量：
壮志成磐石一块
为共和国奠基！

2013.6.28

①江上青（1911—1939），原名江世侯，曾用名蕃臣，扬州人。父亲江石溪工诗擅画。江上青在扬州商业学校初中毕业后，先后在南通中学、扬州中学读高中。1929年参加中国共产党。1938年担任皖东北特别支部书记。1939年7月29日遭反动武装伏击，不幸牺牲，时年28岁。

小巷三节棍

扬州的小巷多斯文
也玩三节棍：
一条轴线三条巷
自东而西：
地官第，三祝庵，东圈门

庵主居中舞
左棍地官第
舞出汪氏小苑、蕃厘观
右棍东圈门
舞出壶园、罗总门

舞棍不为武
衙门门口舞刀弄棍
舞出文脉常青藤……

三条小巷连成的三节棍
两个节点两条小巷来支撑
马监（巷）明朝设
薛家（巷）千古存

2016.1.18

徐凝门

自北而南依次望去
大街　城门　渡口　外街
撤下原用的名字，封存
冠以：徐凝门

何等卓识与睿智？
诗人①竟将明月夜摊分
天下拢共三分
二分给了我小城

这也许就是他心中的黄金分割
他《忆扬州》，精辟至深
扬州忆他，不舒千尺长卷
怎将岁月钩沉？！

哦，朝代走马灯
诗者不逝，当与日月同辉
与古城共存……

更名，不单单为释怀思念

留句话醒世子孙：

做人要学会感恩

2015.8.8

①徐凝：浙江睦州分水县柏山村（今桐庐县分水镇东溪
柏山村）人。元和中官至侍郎。《全唐诗》存其诗一卷。

描金巷

谢馥春夺得巴拿马金奖
可见扬州人会化妆、善化妆
即使化个把小丑
也漂亮

不在涂脂抹粉
功夫在质地生光

商家瞄准这一扬州工
漆器出手前
大到屏风，小到珠宝盒
统统到这里上妆——

龙不画眼，心灵无窗
鹏不勾翅，怎去翱翔？

描金巷也是上花轿
侍候漆器准新娘

2015.8.10

永胜街

一匹马在你身边嘶鸣
说你永远的胜者永远的古老
都不为过

靠南端东边的那棵广玉兰
把整个院子都遮住了
酷似一把庇护伞撑着

不因他①省里位居官爵
像你一样坦率、真诚、牢靠
更缘他毕生笔墨耕耘
与诗和戏剧结好

还记得那出戏么
一句台词"何书记吃汤圆喽"
至今还能听到——

有街无市
空巷一条
不空是他文选的五块大砖

充实你空旷一角……

不古也古，家家都有空调
这里却拿把芭蕉扇轻摇

2013.7.15

①王鸿（1932—　），江苏江都人，中国作家协会会员，江苏省戏剧家协会主席。官至江苏省文化厅厅长。著有诗集7种，唱词集2种，歌剧、戏剧、电视剧多种。其中戏曲剧本《夺印》影响最大，后被改编成电影。他创作的所有各个门类作品，都"文如其人"，无一扭捏造势，踏踏实实，正直憨厚，犹如故乡的泥土，永远播种着希望，收获未来。

新胜街

曾经的辉煌不见了
曾经的胜算不见了

确实成了一条空街了
名声指望绿杨旅社了

出名的紫罗兰早搬走了
搬到繁华大街美发去了

店面不封堵也玻璃钢防盗了
白天在里面做饭晚上睡觉了

收旧货收破烂的沿街喊叫了
洗油烟机电喇叭分贝更高了

内容全无只剩外表不了也了
莫怪我读你读出条巷子来了

2013.7.16

得胜桥

既无水
更无桥

密不透风的两边商号
商品大同小异
家家统一悬挂幌标：
扬州三把刀

称街称巷已不重要
亦如商河一条，河里波浪
只涨，不落
最是早晚潮

终于找到永不衰竭之奥妙：
根系辕门桥街这棵大树
你90度向东弯去
一根粗壮枝条……

2013.7.18

芦刮刮巷

传说巷里两家烧饼店扇炉火
早上抢生意的"炉刮刮"
虽也意趣，少了点自豪——

芦苇滩里就近缠住三根苇秆
于上面三叉里筑巢、产卵
祖祖辈辈只唱一个调
——刮刮，刮刮，刮刮
歌唱故乡如此简洁、明了
方得美名：芦刮刮鸟

或许这条小巷倍受启迪
日子过得虽不算富裕
却也不愁温饱
孩子们快活得像群小鸟
乡音沁心：呱呱叫
也算天赐一号

之于芦苇滩涂
谁都能满脸堆笑为你诠释：

小巷是河
青砖黛瓦的苇丛既密又高
家是安乐窝
人人是会唱刮刮叫的鸟……

2013.7.19

火 巷

怕将游兴蔫枯
怕把情致灼伤
揣着那条
很出名的雨巷
走进你的深处

两壁青砖陡竖
天，被割成
咫尺宽长方
星星稀疏可数
唯见
中天的太阳和月亮

如火夏日
似漫步于隧道长廊
无烦
无焦
无躁
迎面还扑来丝丝清凉……

功能如水
个园的安全携于你手中
于是，我便掏出
那条湿漉漉小巷
挂在你的巷口

2006.7.20

旌忠巷

久负盛名的旌忠禅寺
用自己的名字命名你这条小巷
怕有不少典故，或传说或意象

入巷，正欲寻觅和逐户探访
忽传来木鱼声声
僧侣们心在吟诵经章——

加之满巷子的佛香雾绕
还需打探什么呢？
禅味已入六腑五脏

万事皆空善为本
有点腐朽味
深呼吸才嗅得千年沉香……

别把贴墙的那根窄窄长长
看成拐杖，佛祖无须
小巷当是禅寺下院的长廊

2015.8.23

问井巷

窄得两脚一蹦即可上墙
撑一把油纸伞巷中来往
既接左檐水
又接右檐水

冬裹雪绒棉袄
夏允红杏出墙
一口井，冬暖夏凉

月夜漫步小巷
井里漾着二分明月
圆圆井栏不表示终结

总想拾梦而归
井边能否碰上绣花鞋提水？

2013.7.22

田家巷

田贵妃就从这条巷子走出来的
中国第一位世界乒乓球冠军
得冠前也曾住过这里

一边城墙为墙
一边砖砌瓦堆
拖搭出一排排茅披

除巷口一家豆腐店
全是些瓦缸瓦钵瓦盆瓦盂
还有家把家寿材寿衣

抹不去都市村巷记忆
刚跨进东关城门
就喇叭口状向南拐去……

一条陋巷牵动两条街富丽
贫瘠长志气
穷苦出府第

2013.7.23

中小街

不写你南面的小街
也不写你北面的小街
四望亭让你们携手穿亭而过
称谓，空喊了千年

有街无市
就因为你身腰比巷子粗点？
有街无人
就因为你身长长出气派？

两边皆为山墙院墙
几扇门洞像为鼻孔出气而开
行走街上如置身荒野
脚步声吓得人脚步加快……

如今这长长的三条小街
餐饮俱全，一盆市场经济的水
也就十几、二十个年头
全都活了过来

2013.7.24

剪刀巷

或许就因为扬州剪纸很出名
剪出了两条剪刀巷

一南一北
一短一长
多少回走访这两条窄窄弯弯
皆无功而往

忽见两家动剪
挨着张永寿的剪刀巷
——剪花样
准提寺山门前剪刀巷
——剪佛像

一位朋友乘兴而上：
如果新城又有一条剪刀巷？
好办：
——剪梦想

2013.7.25

雀笼巷

国庆路是街
教场如海
你就是搭在它们间跳板一块

两边店家无心花草装点
却有鸟笼挂满街沿
鸟语万千

小巷小店小作坊
却藏着个工艺大世界
巷中尽出制笼高手
蜚声海内外

诗为"立此存照"
笼中鸟不知唱了多少年
都那么歌脆声甜
竟未能为你唱来春天

2013.7.26

北柳巷

乃巷子中唯一
入巷即爬坡
出巷下石梯

右临衙门运司
左有小秦淮偎依

董子祠即在这里
董仲舒^①也站在这里

后人都在这里办学
从小接受先贤洗礼

连刚出土的幼儿园小苗
也来这里沐古代文明嬉戏……

一条普普通通的小巷
却铺出一条人格哲理
孰高？孰低？

2013.7.27

①董仲舒（前179—前104），广川（今河北景县）人。西汉思想家、政治家。景帝时官博士。武帝即位，上贤良对策，提出"罢黜百家、独尊儒术"的建议，后在此基础上形成一套巩固统一局面、加强专制皇权的学说。董仲舒一生的主要政治生涯是在任江都易王刘非国相期间。刘非为武帝同父异母兄，平定吴楚七国叛乱后，徙为江都王。武帝乃以董仲舒为江都相。坚持对刘非言传身教，终不负武帝重托。

炭箕作

白发苍苍，满脸皱纹
你就是小巷之魂
请允许镜头将你对准

该喜呢？
还是该忧？

老人蜷曲墙角　默默
将煤块、煤核敲碎
将每个日子敲得有滋有味
敲着自得其乐

敲成一个个小恐龙蛋　放于
当年云里雾里、爬高下低
那顶藤条帽窝里……

轻车熟路
炭箕作
并非穷得连蜂窝煤也买不起
俭兮德兮福兮

深深向老人鞠躬

2013.7.28

罗湾街

一头拽着一街一巷
一头拽着两条街
也就是百步小半个圆
一把弯弓拉开

罗湾未弯处
曹同学家开酱园
嘻哈少年
管它是街是巷是摊是店

……归来傻了眼
三街一巷都还在
唯你弓毁殁了弦
影子都不见，只剩下
未射出去的湾子街那支长箭

2013.8.1

丰乐上街

民歌《沙稠子撂在外》
你也撂在外
——一根扁担东西摆

中段隆起只缘担子沉
一头挑着问月桥
一头挑着御码头

与中小街恰恰相反
你是有市无街
两边花草树木林子的海

曾挑得一个又一个庙会来
想要的都能买到
哪怕猴子的跳、雏鸟的叫……

人流涌潮画舫载不动
你总把重负当着花担子挑
扁担成了游人的桥

2013.8.3

丰乐下街

上街在上
一根过于承重的扁担
两端低垂
一头挂着御码头
一头挂着问月桥

下街在下
也是扁担一根
且是个元宝翘
挑的都是些花花草草

就像从前挑着担子卖汤圆
担子不算重
锅灶半人高
扁担不朝上捯
怎挑？

护城河围你环绕
这边香影廊
那边是出美女的小芒萝村

传说版本足有半人高
扁担不呈上弦月
咋挑？

2013.8.4

风箱巷

总以为巷子里住过出名工匠
专门制作风箱

清晨，我见家家将蜂窝煤炉子
拎到门口，借巷里一口好风
炉着火旺

确是巷里的能工巧匠
将整条小巷打成一具长长的风箱

2013.8.5

三义阁

巷子狭成旱烟袋杆子
阁殿成了旱烟袋锅子
三义阁：一根烟杆加烟袋

三位义士妇孺皆知
山西商人将自己的崇拜
张飞、刘备、关羽
塑到古城来

只要辕门桥上人头攒动
小巷就拥挤不堪
大河里涨水小河里满
烟袋锅里香绕雾缠……

2013.8.9

砂锅井

不称巷也不称里
以一口井的名字为名
——砂锅井

麻石井栏活脱脱一口大砂锅
巷子洁如天
巷里人家清纯又雅典

没有自来水的年代
一口砂锅井
养活几条巷子几代人

从明到清到如今
依旧清澈透明
舀上来就能饮

说是住在巷口1号的李圣和①
随手在砂锅里舀水研墨，研出
画家书法家桂冠两顶

2013.8.6

①李圣和（1908—2001），名惠，号印沧，扬州人。其父李鼎，字梅隐，号逸休，曾任晚清两浙横浦盐场大使。他为官清廉、淡泊自甘，喜好诗书画，常与扬州名流唱和。李圣和深得其益，毕生攻读诗书画。她的书法虽以小楷闻名，大字也龙飞凤舞。其夫于1946年去台湾谋职，后因政局变化，直至1983年客死海岛。李圣和亲笔挽联曰：四十年死别生离，苦雨凄风，怎一个愁字了得；八千里山遥水远，青林黑塞，唤几声魂兮归来。

弥陀巷

不闻木鱼声
不闻钟磬声
不闻弥陀诵经声

出奇地洁净
出奇地静谧
由南至北
爽直如一根禅杖
一眼洞穿

弥陀乃佛国佛语
罗聘①故居恰似一叶莲塘
满巷子禅味荷香……

2013.8.6

①罗聘（1733—1799），清诗人、画家。字遁夫，号两峰，别号花之寺僧、衣云和尚。出生在樊家园，周岁丧父，家境贫寒。曾从金农学画佛、梅花，人称他"通画学十三科，读奇书五千卷"。双目碧蓝，自谓能见鬼，所画《鬼趣图》八幅，极光怪陆离之状。曾三游京师，公卿名流，多与论交。生平绘画所得，到手即散尽。

探花巷

国庆北路大厅的东厢房
只开一扇窄窄的门
无窗

入巷就碰壁拐弯
拐出一片天宽地敞，四四方方
宛若宣纸一张

曾寓居巷内的武探花
扬州人胡琨
三百年前就让巷子光芒

三百年后又一位星斗璀璨
居住9号的书法大家魏之祯①
大笔如椽，仰天成行……

凡门开得又窄又小的人家
似乎都有宝物珍藏
——国庆北路大厅的东厢房

2013.8.7

①魏之祯（1916—1992），字诚生，号心饮，江苏南京人。现代书法家。中国书法家协会会员，江苏省书法家协会名誉理事，扬州市民革成员。书法先后受教于涂晓征、刘霈孙、王伯沆、王东培、黄霭农。其书法作品曾参加法国、比利时的中国书法展和多国的纪念国际和平年书画展览。有作品为陕西省博物馆、江苏省美术馆、江苏省文史馆收藏。

地官第

不足百米长的小巷
右臂牵着三祝庵
左臂搭在观巷

地方官员宅第？
整条巷子只几户人家
家家房高地宽门楼大

共和国将房子分给平民住
10号黑漆大门楼里一个小女孩
眼睛大，嗓子甜，模样如花

非童年眼力所能力及
建房的建出个官员显赫
住房的住出个女高音歌唱家

2013.8.8

吃吃看巷

逃难来巷口开店的陈氏夫妇
开了个吃吃看饺面馆

招牌同人一样老实巴交
态度热忱又精工细料

生意一天比一天好
巷子也跟着热闹起来了
小巷就照着面铺名字叫

记忆带路，七弯八拐淘宝
看到你名字还挂在家家门牌
我笑，你也笑了

少年想象你一根香肠的美好
如今成了小半根油条……

还好，没掉进阴沟里浸泡
精精神神，蓝天朗照

2013.8.16

二郎庙南巷

二郎神的庙宇不见
山门前伸出去的那柄长剑依然

至今仍锋利无比
四美酱园也被它刺成两半

酱菜只好架天桥往来
车推肩挑由专人把门
穿巷见缝插针……

"误入小巷入兜兜"
难怪皇帝诗中对你戏言

如今兜兜巷风光又添
兜东兜西的剑把手拓宽

具良辰美景赏心乐事四美酱园
最终搬迁，将200多年历史
去一片田野上重建

2013.8.18

天宁门街

南接北柳巷
蒙彩衣街穿针引线
北接城墙
全凭拱宸门洞开
借步砖拱桥
直抵天宁禅寺大殿

常年人流如潮
繁华是你专用字眼
神庙人街一条轴线

不宽不长的一截里弄
人们爱称呼你大街
大在功德无量
大在佛国天路
大在众生虔诚
大在天上人间……

至今仍有街有市
唯昔日忙碌不见

偶有几炷香火点燃

2013.8.19

观　巷

道观将一袭经幡飘落在地
铺成一条巷，直通蕃厘

蕃厘观里藏经典
蕃厘观里清殿成行
蕃厘观里琼花天下无双

其实，观里的珍藏无可比拟
一架道德天平
一本真善美大全

人生谁不愿高风亮节？
观巷就是你登高的梯！

2013.8.23

苏唱街

让苏州的昆曲在街上住下来
让扬州昆曲迷在街上唱起来

老郎堂把关验证资格挂牌
次日司徒庙演出挂衣
梨园总局尊老郎神为帅

角儿都需经这里过堂
白天夜晚，常年不变
才唱出名这条东西走向的小街

饿了，街上有酒有菜
累了，对面浴室泡澡聊天

2013.9.3

金桂圆巷

金桂圆面店的白汤面出了名
像是安徽老板闲来无事
沿店铺东山墙
用小号油画笔蘸墨
向北拉了六七十米，停笔

这条没有打通的小巷
便用金桂圆面店金字招牌
为自己命名

上世纪初叶
小巷里真的走出一棵金桂树
年轻挺拔，顶天立地

这是一位有思想有抱负的青年
创办《卧薪尝胆》周刊
汇入拯救民族行列……

如今这条小巷仍在
巷名不存，纳入东关街

人们牵挂那位二十五岁年轻生命

拐弯，走进街的深处338号

瞻仰曹起溍①烈士故居

2015.8.25

　　①曹起溍（1906—1931），字建虞，曾化名鲁士英、陈君豪，中国共产党扬州早期党组织领导人，革命烈士。1925年5月由恽代英介绍入党，后任中共扬州最早的党组织——省立第八中学党支部书记。1928年8月后历任中共扬州临时县委书记、城区区委书记和泰县县委书记。1929年8月16日在泰州被捕，狱中写下"虎丘战罢转焦山，砥柱中流非等闲。马革裹尸励尔志，何须马革裹尸还"等壮丽诗篇，1931年2月24日从容就义于镇江北固山下，年仅25岁。

五蝠·五福

入巷不多远就分岔
左边：小五福巷
右边：大五福巷
就像一根杈衣棍落在地上

说巷名出自巷内张永寿①之手
我满心赞赏，能工巧匠
一把剪刀剪花样

自古蝠福音同形亦相像
张三麻子一剪刀下去
五只蝙蝠飞上墙
——巷牌挂在巷口旁

2013.8.25

①张永寿（1907—1989），号颂椒，祖籍苏州，从他的
曾祖父起就迁至兴化，后又迁来扬州定居。出身于剪纸世
家，高祖父就以剪纸为业。祖父张万国剪纸颇有名气，先后

有子侄孙30余人随他学艺，三子张金盛剪得最好。张金盛的三子张永寿在剪纸上又颇具天资。著名美术大师刘海粟夸他的作品"剪中有画，其味无穷"。

张永寿为中国美术家协会会员，中国工艺美术学会会员，曾当选为江苏省政协委员、扬州市人大代表、扬州市政协委员。1954年出版《张永寿剪纸集》，后又有《百菊图》《百蝶恋花图》相继出版。

灯草行

屯草讹成灯草
讹得好
灯草，为人点灯
屯草，为马备料

诗笔也以讹为乐
灯芯草忍痛去根去冠
剥光茎之皮
全身赤裸来到人间

几乎没有重量
全仗密密纤丝络连
浸在油里点灯，柔而不断

不就是液态烛光么？
燃烧自己
光照大地——

譬如，被照亮的41号人家
第一位派往国外外交官戈宝权[①]

毛泽东也赞誉他"俄国文学家"

他翻译的那本童话
《金鱼和渔夫的故事》
妇孺皆知，伴几代人长大……

或许就因为巷里满目灯草幌子
随风摇曳成行
才将整条巷子交给你
讹来的也千年不忘
留下你的名字留下小巷

2013.8.27

①戈宝权（1913—2000），1928年进入上海大夏大学，主修英语，选修法语，旁听日语。22岁即作为天津《大公报》特派记者常驻苏联。卢沟桥的炮声把他召回祖国，并由周恩来介绍加入中国共产党。毛泽东夸他是"俄国文学家"，普希金的童话《渔夫和金鱼的故事》即他所译。他是新中国成立后，被任命派往国外的第一位外交官。

铁锁巷

湾子街本就弯得可以了
你又在湾子里
将自己锁成街中巷

虽是卖锁商店制锁作坊
锁芯秘密不需要太多阳光

出名于锁的小巷
锁得住小偷小窃
对于君子只是广告语一张：
主人不在，换日来访

对于强盗
铁锁仍在，门环仍在
门已被一脚蹬开……

你无奈，只好摇摇头
将美好的心愿仰天而甩
甩成月亮，在天上挂起来

2015.11.28

罗甸巷

总把你同江秋水连在一起
又把江大师同查二瞻连在一起

查画画
江点螺
挖嵌螺钿平磨螺钿
大江南北皆惊叹

罗甸通螺钿
鼎盛于明万历年间

如今小巷依旧
巷内鸦雀无声、满巷清闲
二三十家传统技能的小河
早汇入工艺大海，璀璨

2015.11.29

新古一巷

不知你命运如此多舛
这一次见面仅剩下小半截
——屈指，70年过去

你并未感到伤感和遗憾
千年风雨也要顺应时节

东面田家巷，不存犹见
我腾出半条巷扩容东关城堞

劝你不必随大流恋旧恋古
实在想你童年想我昨天
就去二巷三巷找我老弟

2013.8.29

傅家甸

不在郊外
也不是放牧的草地

像一根笔直的毛竹筒筒
筒北闻到小觉林麻花香甜
筒南听到苏唱街昆曲绵绵

小巷窄得让人透不过气
看看就一身汗
骑车，免谈

不知当年史可法抗清巷战
这里可曾一夫当关?

2013.9.5

韦家井

找不找得到韦家的那口井
已不十分重要
拜谒6号熊园那眼喷霞的泉
百年了，仍青春闪耀

年仅23岁的年轻生命
义无反顾
汇入民族先驱大潮……

熊成基①，故乡为你骄傲
将你出生地，按童年记忆修好
让赤子之心归来
永远搏跳

大总统以陆军上将例追恤
壮行你策马挥刀
小巷，是你留下的刀鞘

2013.9.1

①熊成基（1887—1910），一名承基，字味根，一作渭耕。1905年入江南炮兵学堂，次年毕业，任江宁陆军第九镇炮兵排长。在著名的《自书供词》中写道："推倒野蛮专制政府，重新组织新政府，俾我同胞永享共和之幸福"，并说："敝人情愿以一腔热血灌中国自由之花。"1910年被落魄商人臧冠三出卖，被捕入狱，同年2月在吉林就义，年仅23岁。1928年国民政府着令军事委员会按陆军上将衔追恤。

大树巷

大树巷拐弯处有个小盘谷

有山有水有花园的小盘谷
小盘谷不小
能把整条大树巷盘进里面

宛若古代妇女头上的髻
盘着不露，典雅好看
抖落飞瀑，风光无限

都说大树底下好乘凉
一位佳人轻轻倚在大树旁
守望……

小盘谷，守望成一朵花香

2013.9.4

粉妆巷

满巷子的胭脂花粉
天生一副苗条身材

或许，就因为巷内少雨
油纸伞花儿不常开，所以
戴望舒至今也没来

巷南端横着一条下铺街
街上香粉店老板谢馥春来了
从此，小巷名声在外

鸭蛋粉的香
雪花膏的香
梳头油的香
都裹着巴拿马金奖——

可你知深浅
常年淡妆，戏文精彩
《七十二家房客》：话剧剧本
五十七家房客：真实存在

19号俨然成了巷中巷
不管它曾为何姓大家
也不管它建于明朝清代
房尽其用，组成一个大院

一本百家姓都同宗同源
大而不乱，大而不杂
一门进出，礼让和谐

有人说小巷是根长长的竹竿
被一位剧作家扛在肩上
竿上还挂着个大舞台⋯⋯

2013.9.6

斗鸡场

输也输过了
赢也赢过了

也不是清同治年间人懒地荒
有钱的城里人闲得难过
找个乐子消磨时光

如今斗鸡场不存
不管场子正方长方
切成统一宽度长条状
铺成小巷

最后裁定东西为总方向
东边迎朝霞
西接五谷巷，运送鸡粮……

如今巷里再也听不到一声鸡叫
鸡香？巷里人家煨的老母鸡汤

2013.9.7

古旗亭街

明初设置的旗纛台，不见
卫祭旗所，不见
玄坛宫，只剩下断壁残垣

懿德女子小学校，不见
街上琳琅满目商店，不见
唯三星浴室锅炉，从未熄灭

自辕门桥街拓宽为路
你就小河归大河，成了小溪
风采依然，繁华失去

除了两家黄桥烧饼鸭血粉丝
就数早晚菜摊长廊，一派生机
也算功能之一，补百姓之需

人们都爱直呼你大名
从不拖挂街巷称谓，走出走进
读古城另一番风景……

2013.9.10

大方巷

堪称东圈门街一条美丽臂膀
自北而南，牵手功德西巷
使命：街巷联网

巷内还有多少户人家？
推窗，还能否读到西垂夕阳？
弹指六十年，今又造访

呜呼，只见半截泪水流淌
——一节不足二十米长断臂
扨在长街肩旁……

依稀走来维纳斯与你比肩
肢残不失美，也不沮丧
大方巷：大方坦荡，大人大量

2016.11.28

薛家巷

像是一把钥匙
从东关街中段向南插了进去

自古一把钥匙一把锁
你却将三把锁同时开启

南有青溪旧屋
北有臣止马桥
中有熊成基故居

臣止马桥曾被讹作陈芝麻桥
青溪旧屋也被人错念成书屋

唯韦家井熊园从未差池分厘
烈士名字都被游人刻进心里

巷里人家，丝瓜花满墙编篱
牵手两条历史老街
默默走进回忆……

2013.9.12

三祝庵街

左边：地官第
右边：东圈门
共一条轴钱
一长二短三节棍

五百多年前
先人建庵立愿，祝
人世间多寿、多富、多子孙

如今七十已是小弟弟
几十年计划生育
还是越过了十三亿
唯多富的梦，尚未虹霓……

三祝庵门前风光依旧
殿前，老人扬剧开锣
路人，驻足看戏

2013.9.13

居士巷

寺庙多在山里边
古城却在城中建

窄巷是脚下的路
宽广是庙的胸怀

闭目诵经，蒲团跪拜
座座虔诚，座座小山

历代巷里居士寥寥
说李白在巷里住过几天

长住这里依旧是僧侣
晨钟暮鼓敲出宁静一片

居士巷无须建立社区
巷口，有兴善寺保安

2013.9.14

石狮子一巷

靠门外一对石狮子护守
刚创业时也是荒土一片
弹簧厂在这里弹簧了几十年

本也不属城中一巷
扩容才扩出城中一员

不任弹簧的销路多宽、好卖
效益比建厂时翻了百番

一无撞击，二无烟囱冒烟
又紧挨都市村庄旁边……

寸金寸土的都市规划
怎容它成了工艺大厦后院？

谁也不曾料到这一天
弹簧厂被自己锻压出来的弹簧
弹得远远

2013.9.15

石狮子三巷

巷内姓沈的卖鱼人家
有一条不卖的美人鱼
那副甜甜美美脆脆的嗓
当，召回艺术殿堂

天资聪颖，也会惹来妒火中伤
受不了小肚鸡肠
毅然决定自我放飞
——脱岗

也不是四处闯荡赚钱卖唱
闭门：修身习艺
开门：求教拜访
柴门：终于飞出金凤凰

单位请她为员工演出
社区邀她与平民同唱
从不回牌，背着琵琶
足迹遍布古城街巷——

偶遇特殊群体，盛情难却
江北才女当一回江南女郎
苏州弹词成了小溪一弯，在她
舌尖上翻滚、指缝间流淌……

2016.4.23

大、小东门街

城中贯穿南北的水路汶河
想必是古城的命脉
河东岸筑两座关隘
大东门街直通东关渡口
小东门街直通缺口渡口

一北一南的大、小东门
都设凹街
屯兵乎？
张弩乎？

两座街头堡
冷兵器时代
陆路水路都很难攻开
除了材质坚固
面前还横着一柄长剑
——小秦淮

2013.9.16

木香巷

《木鱼石的传脱》
说一块聪明的石头会唱歌
唱了山村唱小河

木香花也有传说
说一块奇异的沉香木发芽
开出花儿像瀑布

流出园子流出门
香了东家香西家
小巷流成了花的河

随便你踏进那一户
各家条件有悬殊，都
别有洞天画一幅……

木香巷，万木皆香
家家都有奇花珍树
巷子能不香乎？

2013.9.16

丁家湾

与苏唱街东端握手对接
欠身调头，走出你自己路线
挺进心中那支东进序曲——

瓦木工大军随之开进
放线，立柱，飞檐
竖起一路高墙深院

小巷不算太窄，豪富之外
也有几爿日杂小店几处摊点

向南分枝的那根藤条西边
开心果已挂了好几十年
——一个唱歌跳舞的团

巷名出自巷道像个"丁"字
钉出盐商一幅幅富贵画卷……

小巷东端，喇叭口只喇开一半
稍稍一收，意在抱团不散

巷口即扳成了港湾——

湾左弯到皮市街
湾右去何园

2013.9.17

紫气东来巷

一拨又一拨老人抓着我的手
让我费心费神
将你入册

不光名字俏正
巷内明净宽悠
无处不让人怀古恋旧：

一式的青砖黛瓦
一式的石鼓门楼
一式的飞檐翘角
一式的漆门铜扣……

从罗湾和湾子街未接处岔开
向西迈步，直通炭箕作

说者兴高，听者咧嘴
都指向银河商厦西路口
竖起拇指
古城五百多条小巷

数你一流

老人心里还有比喻：
紫气东来巷
——大家闺秀

2013.9.18

黑婆婆巷

黑婆婆早已走远
黑婆婆住的巷子依旧挂牌
黑婆婆的故事流传了百年千年

婆媳不和也无须搬来巷里住了
多一点包容，少一点责怪
牵手来巷里走一走
黑婆婆就走进你心里边——

不就是隔层肚皮的事么
人心都是肉长的
黑婆婆守媳病榻昏厥倒地
终坍塌媳妇心中那座冰山……

两媳妇各编一首《黑婆婆谣》
历古佳话，动地感天
堪称古城经典

2013.9.19

螃蟹巷

传说解开尼姓之死谜团的
那只螃蟹，结案那天
全巷人列队目送它爬远

先说它爬出了一个大家族
爬到了阳澄湖
爬出了品牌

又说巷里人家从不食蟹
不是尊它为神
感恩它为巷带来平安

小巷就用它的名字命名
并将它的模样
雕刻在巷口墙砖上……

2013.9.20

益人巷

明明一人巷
为何挂牌益人巷？

几十年没有认真过
这回钻小巷，邀友同访

二人巷头巷尾对面一站
豁然开朗：
对方脚步先入，我让
我先脚步入巷，对方让

窄巷被先人用作育德教杖
小巷成了过巷人考场

遇上老者妇女荷重人
即使自己已入巷数步
也当立即笑着退堂……

益人巷并非错写
益人品格高尚

2013.9.21

三多巷

南北向基本不打弯的小巷
10号门里，出了个王少堂①
从小随父进出教场
父亲说书的才艺基因
全都传到了他的身上

一天父亲说书突然停下
要身边九岁的儿子接着讲
书客惊愕
只见他醒堂木一拍、折扇一摇
评话溪流接着流淌……

多福多寿多子的三多巷
走出评话大师的三多巷
大家之树需在童年就冒芽
王少堂学着父亲当年模样
搀着儿女进书场

2013.9.22

①王少堂（1889—1968），扬州人，原名德庄，又名熙和，扬州评话表演艺术家。其父王玉堂、伯父王金章均为著名扬州评话艺人。王少堂擅说武（松）、宋（江）、石（秀）、卢（俊义）四个十回。他七岁从父学艺，九岁登台，十二岁正式从业。解放前，王少堂生活多蹇，历尽艰辛。解放后，受到党和政府的关怀，曾当选扬州市人民代表、苏北文联常委、全国曲艺工作者协会副主席、第四届全国人大代表、中国文联委员、江苏省曲艺研究会会长，并于1959年加入中国共产党。

砚池街

东岸看你：漂在水上
西岸看你：嵌在水上
背后椅着城墙的外墙

东城门外的一条小街
卖鱼卖虾卖河蚌
荸荠慈姑嫩仔姜
水土八鲜陆陈行……

天天像从水里捞起来
一如砚池贮水
永不干涸水一汪

街口对接浮桥渡口
南船才来北船往
好一幅新版《清明上河图》
飘落古渡旁

如今山水成画廊
漂亮的古运河要上花轿

砚池街自毁自己一幅画
甘愿作轿杠

2013.9.23

金鱼巷

恰似一条双尾乌龙
头抵仓巷
一尾径直东去
一尾弯拐两下向西

盐商兴市富城
也有他自己的乐趣乐趣
将这条游动的巷子收入怀中
——养鱼

都夸这里的金鱼品相好
殊不知巷里5号直通徐宝山膳房
山珍海味也闻饱……

如今这条鱼状小巷依然
金鱼都游走了
唯见放学少年欢呼雀跃

2015.8.26

红毛狮巷

那位自幼从父学画的女子①
从这里走出画山峡谷
家传菊谱又平添几分灵动
与剪纸菊、通草菊三菊并列

秋天的小小庭院
成了菊的世界菊的花园
把市场上最美的菊都搬了回来
将它们种植于宣纸
笔耕墨砚

暮年，天天坐车买菜坐车回来
三轮车上不光是瓜果蔬菜
菊痴与社会最后一点联系
画家生命的供血脐带——

约定百岁菊花盛宴
感恩红毛狮巷感恩上天
那天突然丢话：
上苍等不及，九十六当百

催她去办天国画展……

巷无言
我无言

2013.9.25

①吴砚耕（1910—2006），名芸，自幼从父学画，得其
意趣，尤为画菊别具一格，与张永寿的剪菊、钱宏才的通草
菊，并称为"扬州三菊"。解放后，吴砚耕在北京画画近十
年。20世纪60年代初，被邀请回扬参与组建扬州国画院。曾
任扬州市政协常委、中国美术家协会会员、扬州国画院高级
美术师，著有《吴砚耕画集》。

大实惠巷

东西向小巷，平平常常
谁知一位回族女中学生
当年将你握在手中当旗杆
让救国的旗帜高高飘扬

阔步出巷的热血青年
汇入浴血沙场……

黑夜过去
你披着朝霞欢迎她回来
扬州姑娘杨祖彤①
第一任扬州女市长

今日重在巷里走
犹闻征鼓还在响

2013.9.26

①杨祖彤（1915—1985），女，回族，扬州人。私立扬
州中学学生，后转学至镇江师范，毕业后分配至江都仙女庙

小学任教。抗日战争爆发后，她投身抗日运动，1939年加入中国共产党。1942年冬任江都县政府秘书兼党团书记。解放后，先后担任扬州军事管制委员会副秘书长，扬州市副市长、市长。后调江苏省任妇联主任等职。是江苏省五届人大常委、中共八大代表。

小实惠巷

从大实惠巷向北支出来
先宽后窄，宽如晒场
窄到仅够一人穿行出巷
这就是你

不是因为读书时曾在巷里寄宿
是一口胭脂井让人难忘
水呈紫红色
一说常将军女眷化妆水流来
一说紫色霞云掉进井中……

小巷笑嘻嘻：
两个传说都美丽

2013.10.1

圆通里

怎么看怎么像根撑船篙
紧贴着三和酱园大船船舷
大船船头西南
商海里闯风闯浪近百年

风帆云游四方，星星点点
旗号依旧，质量命线
挂头牌依旧三和系列瓶装酱菜

老酱园也算老太爷辈了
索性泊在这晒太阳颐养天年
船篙功能衍成龙头拐杖
握在老人左手，举目云天

2015.11.25

卸甲桥

说每次征战或操练归来
常将军都在此桥头
下马卸甲

我们每晚也来卸甲桥4号
初中同班一女同学家
她家房宽屋大

就近组合的三人自习小组
三个臭皮匠，你言我语
难题也能拿下

这位同学的工程师父亲
夸我们没有白费蜡
说了句当时我们听不懂的话：
小小年纪就张甲……

2013.10.2

南河下

会馆挨着会馆
豪宅接着豪宅
商到巨贾即成霸，南河下
盐商的一排铁齿钢牙！

全都是切割功能的门齿
无须臼齿磨嚼就吞下……

不管你安徽江西湖北浙江
只要有钱赚，就天下一家

毗邻古运河北岸的南河下
豪富们随岁月之舟而去
留下这副牙齿牙口尚好
古城要用你咬定梦想
咬来繁华

2013.10.3

北河下

同属一河之下
南河下：兴商
北河下：崇文

崇文的北河下
南有天主教堂
北有吴道台宅第
合璧于一身的中西文化

吴道台非寺非观
造屋何择九十九间半？
为子孙路标：中庸之道

管中窥豹
以蠡测海
宅第至高处是座藏书楼
藏经典二十四万多卷

宸章在上
洞开人生的高阁凌虚

胜过商彝周鼎传示子孙
平直的北河下似架天平

面东的北河下财富之门
两端放置中西砝码两颗
让你去读去思去秤……

2013.10.4

缺口街

街陈百业：
金银铜铁锡
千年天人合一
缺口街不缺

河西接长街
河东连良田
古运河流淌至此
行将转弯西去

河隔两岸
可望而可及
有摆渡船穿梭四季
撑风撑雨……

说是兵家攻城的突破口
不耸听，也不危言
撤走横舟
即成天堑

2013.10.4

鹅颈项弯

说你这条鹅颈项
颈根长在雀笼巷，没错
鸟鹅同行
可头甩的不是方向
不该弯向辕门桥热闹那方

这不，老街拓宽
你也带锅，上了砧板
被人啃啃下酒
连鹅颈骨也没留下一块

倘若将头向西甩去萃园桥
穆源兴鸡鸭店照样开张
你至今依然脖颈高昂
或许还会听到你嘎嘎歌唱

2013.10.5

灯笼巷

将粗壮的东圈门当着灯杆
你又从灯杆上拉一根向南
挂一长串红红的灯笼
靓了小巷黑夜白天

就图个喜气洋洋热闹非凡
小巷顶端才分了个岔
虽也标出大、小灯笼巷
实为当作一根叉棍
随时握在手
准备为顾客叉下喜欢

终于到了这一天
家家将扎了一年的孔明灯
全都捆在房檐屋梁
灯笼巷统一点灯，小巷
如一条闪亮的游龙离地腾空
飞走了……

2013.10.6

马神庙巷

马神庙仍在
马神跑了
左右两匹红白马也跑了
马厩里的战马全都脱缰跑了
即使乾隆帝重新颁旨
你也成了空巷一条

跑得掉的神
跑得掉的马
跑得掉的人
跑不掉的殿阁
跑不掉的庙
一任岁月剥落
墙角门窗结满蛛网
年年再无春光沐照

自从抹去对面教场
小巷就病入膏肓
像一条废弃的马缰绳
被丢在地上

2013.10.6

南城根

上次借道
巷南端大舞台开锣唱戏
万人空巷
赵燕侠的《玉堂春》
千多人剧场
座无虚席还不够
只好将过道也卖票
戏照看，无椅

这次借道
时隔半个多世纪
路上，耳里灌满街谈巷议
大舞台的班子——了戏
剧场仍在
残垣破壁
大门紧闭

门前空地已辟为菜场
较当年戏迷争票还要热烈
失落无语

不如加入早市行列
买菜买米

2013.10.7

北城根

都是小东门城根
南面的城根有大舞台
兴了起来
北面的城根眼馋
开一座：南京大戏院

大戏院正门朝北
与大舞台背对背
永不见面

殊不知，别人敲锣卖糖
砌幢大瓦房
自己敲锣卖糖
老本贴光

大戏院就是后一个人卖糖
没支撑两年就关门打烊

2013.10.7

浴堂巷

当下兴桑拿
一盆炉火蒸出汗
扬州人晚上爱泡澡
一池热水泡出汗

都能出身汗
泡澡水包皮
体内污垢沿着毛孔悠悠散
活筋络，助循环

用澡堂命名的巷子两三条
名字好听，也很亮眼：
小蓬莱，白玉池
广陵涛，双桂泉……

赤条条澡堂里一分闲
五分钱一包椒盐花生米
喊里咯喏喊喊咯
敲背的师傅赛鼓点

2015.11.24

龙头关巷

这里果然是龙地
确有一对龙
母龙镇关西
公龙镇关东
中设木栅——挡水的洞

先民何等聪颖
怕龙翻身
龙背上打口水井为钉
只准嘴里吐水
不准乱动

贯穿南北的小秦淮河
古城的一根血脉
粼粼碧波成一条龙
胖了，开门放水
瘦了，关门补充

龙头关巷就守在龙头西侧
形状很像歪把子机枪

歪把子把手手中操

目不转睛掌控着小秦淮的

三围小腰……

2015.11.23

小东门凹街

同大东门凹街一样
都在桥之西、街之南
都凹成差不多的半个圆

大东门凹街直街不通
欲前去必绕凹道行
凹街上全是商店

小东门凹街迥然不同
凹街照凹，直街照通
凹街上全是摊贩小买卖

如此相同的凹街
当是扼守大小东门屯兵处
半圆便集结
刀枪一声喊……

2013.10.7

螺丝结顶

读不懂你的名字
也意会不出
唯历史老人方能讲述

十日屠城
小巷惨遭无辜，乱尸山叠
血流成渠

多少年后仍在哭泣
归来不了了，魂兮
小巷倒吸一口气，抽噎……

每回走在巷里
总觉有股阴冷冷的风
从项颈灌到脚底

惨不忍睹的累尸积顶
小巷并未倒去，用谐音
螺丝结顶藏匿记忆

2013.10.8

皇　宫

命运多舛的你
连名字也被换来换去
不就百米长巷道
存放过朝贡皇上的贡品

从此，盐院署改成皇宫
巷子也跟着晋宫

认识和记住你
是在这里读完初中
还有校门口那对石狮子
还有曹寅①的故事

他的官职，早就死了
他的书，至今还活着……

一次在小巷漫步
仰首与月中曹寅絮语
告诉他，孙子比他还雄才
《石头记》成了经典

老人脸上滑过一道彩虹：
孙子伟大，民族光荣

2013.10.9

①曹寅（1658—1712），字子清，号荔轩，又号楝亭；清学者，原籍河北。自其祖父起，入满洲正白旗，成为皇家内务府"包衣"（奴仆），官至江宁织造、巡视两淮盐漕监察御史，后加通政使。著有《楝亭诗钞》《词钞》等，又刻前人文字、音韵书为《楝亭五种》及艺文杂著《楝亭藏书十二种》。

达士巷

湾头甩鞭钞关响
没想到鞭子竟那么的长

都说鞭长莫及，未必
从湾头，五里庙，琼花观
湾子街，打铜巷，犁头街
欲去西南处古运河边
不借道这条斜斜的巷陌
无法抵达关隘

不问询住过多少绅士、红颜
喜读你这条迎宾地毯……

2013.10.10

福寿庭

自阮家大院福寿庭开
小巷也跟着出彩

皇宫东侧
这条先南北后东西向小巷
也算古城典藏
——巷口建牌坊

皇帝亲笔赐"福"赐"寿"
又赐金银玉瓷缎绸……

天子之物只应天上有
怎能滞留人间？
愁得大院坐立不安
若被偷盗，殃及满门抄斩

阮大学士①纵火意决
福寿庭化作火海一片——

巷口牌坊微遭烟熏火呛

名声却有增无减

福寿庭小巷的名字
一直喊到今天

2013.10.10

①阮元（1764—1849），字伯元，号芸台，别号雷塘庵主、北湖跛叟等，晚号颐性老人。清大臣、学者，扬州学派的杰出代表。祖籍仪征，实为甘泉县公道镇人，生于扬州。于乾隆五十四年（1789）中进士，后改为翰林院庶吉士。乾隆五十五年任编修。乾隆五十六年少詹事。道光十五年（1835），拜体仁阁大学士。

阮元从政50多年，政绩非凡，享有"一代名儒、三朝阁老、九省疆臣"之誉。他在为官之暇，不废学术，一生著书近600卷。

旗杆巷

德星庵佛力有限，未能护佑
盐商张锡鼎升旗的那根旗杆

多半个南河下地盘
张家一半人染上大烟
家产房产地产片瓦不剩
统统被鸦片抽完

如今小巷也不换牌
似在警世明言：

创业艰，守业更难
败家一夜间……

2013.10.11

小李官人巷

都姓李
不攀隔壁老大豪宅、宽长
小而不瘦，瘦而不浪
终被李姓诗坛泰斗看上

一住就是一年
巷里天天春风荡漾
把酒吟和
本土嗨诗三日绕梁

让你高兴十三年后他四十岁
过年，特地赶来小巷
巷里巷外都在评议：
诗比钱更香……

刚在当涂拜谒他的墓冢
忍不住将你写成诗行
管它大李小李官不官人
路在脚下，人有人样

2013.10.11

多子街

将你街名衍变一个字
竟能繁华一条街
足见汉字魅力非凡

街像特为绸缎布庄而开
取缎子街街名十分妥帖

不妥帖是人们心中犯忌
货也真，价也廉
即使红白喜事
也不愿到这条街倒霉晦气

就因为缎、断同音
断子后面又续绝孙恶语

一位用人随口创造出奇谭
将缎子讹呼成多子
从此，这条街上天天潮水般
人海人山

2013.10.12

模范马路

古城桂冠上有诸多光环
连马路也出模范
就在南柳巷南端
四条窄街窄巷交汇点

街巷按规定长度拓宽一倍
一个壮观大十字，街口呈现
交汇点上高高岗亭像灯塔
指挥人来人往的船……

上趟街，挤身汗
从此瓶颈不再
再不愁"不怕慢、就怕站"
秩序井然

喜看今日街巷蛛网
纵横交汇处
无一不模范

2013.10.12

玉井巷

说为逃避兵匪掳掠
一位妇人将一价值连城的玉
投入水井

投进水井的还有那把辛酸泪
满腔仇恨

国兮，不能破
家兮，不能散
人兮，不能为奴

全托付于这块通灵之玉
沉至井底
连同她那颗故园的心

全巷人家无须碰头商议
为井为小巷重新命名

如今，人们还在打捞那份情
一桶一桶往上拎……

2013.10.13

曹李巷

曹者，曹宪
李者，李善、李邕父子
他们都是扬州人
住的这条巷中巷
东接仁丰里

曹李弟子满天下
喊成桃李，顺章不奇
讹成糙米，实无道理

有理无理
桃李巷喊了几十年
糙米巷喊了半个多世纪

讹成糙米
也许正合二位先人心意
个人走马灯
民族要薪火传递
穷人巴望巷里堆的全是米⋯⋯

2013.10.13

路灯台

北接三多巷
南接灯草行
顾不得你名字从哪里来
路灯台

只知道你照亮一位聋哑人
不屑烦尘
与世无言
从小在巷子里埋头画画
既得水墨雅韵
又获绚丽重彩

终自学成才
还记得么?
那幅重金成交的《农家小院》
就从你巷口拖出来……

2013.10.14

牛背井

不见牛背上吹笛的牧童
却见十岁少年张步丹
站在牛背上戏舞春风

他扎制的蝴蝶、蜈蚣
在天上活灵活现
翅膀在掀，百脚在动

首届维扬风筝展览会
百分之七十作品来自他手中
一款"骑鹤下扬州"
惟妙惟肖，飙升天空……

牛背上有井无井已不重要
5号大门里一位少年
横空一条腾飞的龙

2013.10.14

大、小十三湾

哼着黄河九十九道湾
弯进大十三湾
弯出小十三湾
大小两条巷子加起来
也不够十三湾

够不够数并不十分重要
湾的是内涵
弯出词家汪二丘
弯出微雕家尤紫轩
弯出了扬州小巷的妩媚：
条条皆窈窕
十天半月读明白，难
身姿不逶而迤
小腰不扭自缠……

最数小十三湾北巷口
曾弯出一家小吃店
弯出年轻人的浪漫
有人称它弯弯鸡

也有人喊它鸡弯弯

2013.10.14

广储门街

小街从东关街北边开了个门
一位叫郭坚忍①的女子
又从小街的东边开了个门

开门办起幼女学堂
她认定脱掉三寸金莲
只是解开女性解放的第一根绳

不依附，需独自立门
需自身拿出本领支撑
人生梁柱，全仗文化撑起自尊

她将外面的世界搬来中国
将外面的学府比对着自己校门
唤起女子读书声……

2013.10.15

①郭坚忍（1869—1940），女，扬州人，字延秋。18岁
同绍兴人陈芷渔结婚，迁往常州。返乡首创女子学堂，创办

扬州私立女子公学。1925年任江都县妇女会会长。抗日战争爆发后，兼任伤兵医院副院长。著有《游丝词》《延秋馆诗草》留世。

康山街

右为南河下
左为北河下
本应顺风顺水的中河下

古城胸襟如海
康海状元被削职流放至此
小街竟慷慨与状元同姓
令运河淤泥堆土为山

"子系中山狼
得志更猖狂"
出自康状元之笔
恨在万人肺腑上

好在人世间同情无辜
砌房，建馆，造园
街上簇拥来名人、巨贾
像是有很多话要对康海倾诉……

2013.10.15

大草巷

邵伯湖的芦苇柴草
借古运河水一船船漂来
船泊东水关
苇秆船成了一座座小山……

与岸九十度垂直，柴捆上肩
由东向西统一宽度按序列排
竟拖出你这条巷子来

说不准巷里有几家芦柴行
还未到蜂窝煤时代
家家冷锅冷灶
全靠芦苇为薪煮饭炒菜

重踏童年这条柴草路
全没有半点失落：
现实决定存在

2013.10.16

小草巷

大草巷由东而西摆下阵来
前行将与二郎庙南巷碰连

灵机一动
铺一条窄窄分支向南
直通东关大街

像伸出一条臂膀
大街无须绕个大圈圈
柴草，就地买

2013.10.16

观风巷

依然像一队御林军，由南而北
笔挺挺列队于皇宫东北角
专司观天望风

风从蒙古大草原吹来
天从蒙古大草原压来

其实，气象也是人象
钦天监也无回天之术
天塌风罡

大清朝的太阳不会再升起
留下一条观风空巷
民国存档

2015.12.27

滚龙井巷

未入巷，先识井
井在小巷巷口迎宾

井栏上架个辘轳
不用双手拉井绳
轻摇把手
两个吊桶即交替上升

幸巷内高姓花银拍得
官井由此才属巷民

如今井名巷名未变
辘轳不见
淘米洗菜浣衣
依旧妇女的一片天

滚龙井无龙再滚
岁月又在井栏上勒出沟痕……

2013.10.17

便益门外街

俗话戏谑：外来扎
准确定位：穷人街
连剧场的名字也用"大众"挂牌

说这条街为麦粉厂而开
宽也够宽，长也够长
像是麦粉厂的一根裤腰带

无此，码头无人卸船
流水线不流，麦粉厂这座大钟
就要停摆

比作一挂536米长的鞭炮
两边商家挤成一粒粒窄条小鞭
炸响麦粉厂的每一天……

称街只是比巷子稍稍宽一点
小作坊小杂货铺小剃头店
满街里下河土语方言

如今，完成了华丽转身
古运河畔美若莱茵河边
你信手捡到了名字：莱茵苑

2013.10.17

洼字街

与古城第一街隔河相望
当冠名为：××外街
你早已繁华成百业俱全
——外街不外

街东首牌楼直接接壤农田
上扬州的车马必须驿站
家家客栈增设骡马大院

你中段低洼，两头高挑
读形，读成凹
读意，读成元宝

你也确实是个元宝翘
七沟八乡都爱往这条街上跑
打肉，打油，剃头，洗澡……

挂在河边的小楼是我的小学
课堂上就能听到小火轮子鸣叫
校门口，踩出一条纤夫小道

最美要数河中那条摆渡船
撑过去是一船笑
撑过来还是一船笑

还记得初次和你见面
老爸奖赏一根油条
又让我骑在他肩上读你
要多美好，有多美好

2013.10.18

广储门外街

北城河北岸一根东西向瘦长条
无市
无街

这里养殖的金鱼游到国外
这里走出女画家张玉良①
走进巴黎，走进罗马艺术学院

就这平淡无奇不像街的小街
自古竟出琢玉奇才
台湾故宫里那棵玉白菜……

不离地气的土头土脑
聪颖过人，眼尖手快
大半个身子贴在护城河外

2013.10.18

①张玉良（1895—1977），原名陈秀清，字世秀，小名
四秀。生于广储门外一穷苦人家。1岁丧父，2岁丧姐，8岁

丧母，只好随舅父吴丁去安徽芜湖谋生。14岁被骗入青楼，改名张玉良。后被潘赞化赎出，经陈独秀证婚，结为夫妇。1923年入巴黎国立美术专门学校。1925年又入罗马国立美术专门学校深造。1929年回国。代表作有水彩画《浴后》、油画《人体》、铸铜《格鲁赛头像》和《蒙德梭雷头像》等。

花井南巷

谁也不会想到
这条原名弥勒庵桥的小巷
舍去七弯八拐
直通机场跑道

也属天意
管序东驾机飞延安起义壮举
古城为之骄傲

更骄傲壮士的品格
为亲人免遭牵连，含泪
褪下左手无名指上金戒指
退去婚约……

五岁丧母的管序东
江都双沟三荡村的管序东
花井南巷跟着你光荣

2013.10.19

樊家园

如今只剩下半条巷子了
半条巷里也依稀听到
当年屠城，罗仁美庄严宣告

"愿共死者随我登楼"
即将点燃的满楼柴草

即将临盆的孕妇如此坚贞
十三位巾帼英雄
登楼点火涅槃
至今也让后人自豪

小巷只剩小半截，也好
记住樊家园当年的壮烈
残存写照……

2013.10.19

运司公廨

廨者，官吏办公之处
廨边巷，当为官吏住
无妨，隔壁就是运司署

这条Z型小巷
沿着衙门围墙折折弯弯
走着其他巷陌不同的路

巷道陡高出几尺于三元路
也高出来一位窈窕淑女
"两弯似蹙非蹙笼烟眉
一双似泣非泣含情目"
《红楼梦》从巷里飘然而出——

钦点盐政之女林黛玉
柔美的扬州话如琴抚筝拨
拨动巡盐御史之子贾宝玉
小巷成了一张琴
两根琴弦互倾诉……

小巷蕴书香

盐业立门户

出炉一部经典名著

2013.10.20

碧罗春巷

前几年还看到你搪瓷牌子
落满灰尘的牌子
像许多年没洗过脸的牌子
挂在巷口

你踌躇再三
还是决定捆捆扎扎
连同最出名的碧罗春茶社
连同昆曲痴迷谢春江
连同谜坛上一拨谜人
一同带走

教场不存
九如分座不存
皮之不存，毛将焉附？
百米长小巷不存一寸
两旁古式小屋不存一瓦
巷牌砸砸换糖球
影子也不留……

与其中央浴室留张鬼脸壳
不如彻彻底底干干净净
免遭活现丑
偶有耄耋老人来此落泪
那是敬你的壮行酒
巷殁魂未丢

2013.10.22

石将军巷

石将军并不姓石
一尺宽、二尺高一位武将
用石头雕成的浮雕像

不知什么时候什么缘由拆了
石将军浮雕巷口
依旧烧香磕头……

嵌在老百姓心上的英雄
百年千年根深底厚
永远拆不走

石将军巷巷名依旧
将军在人们心中风貌依旧
巷里二十几户人家平安依旧

2013.10.23

羊胡巷

满脸大麻子的杨马胡
满脸络腮胡子的杨马胡
河工都怕他监工的杨马胡
让人恨得咬牙切齿的杨马胡

小巷如绳，将这凶神捆住
用杨胡巷当作巷名
将他钉上历史的耻辱柱

"麻胡子"来了
他来抓童男童女祭河造桥
吓得伢子想哭也不敢哭

杨马胡终究骨头打鼓
小巷才将一把
老山羊的胡子挂在巷口
指路……

2013.10.25

元宝巷

没想到元宝之物和名字
是你这条小巷创造

将元兵大肆掳掠的金器银饰
投进你熔金熔银铸槽
浇出金锭银锭
浇出元朝开国之宝……

虽未留下一个留个念头
干脆当着名字，挂在巷口

2013.10.25

方圈门

文化命脉今何在？
小巷子里面搭戏台！

拆除魏家花园
方圈门北端腾出空旷一片
白天卖菜
夜当露天舞台
如数家珍的扬剧堆字大陆
口若悬河，字正腔圆

喇叭口状的小巷出口
任人群涌动成尾鳍摇摆，大鱼
将从缺口街南侧游出来……

其实，一年三百六十五天
这里从无周六周日
全场无须统筹安排
电视连续剧天天热播
讨价还价，你挑我拣，愿买愿卖
剧目就一个：和气生财

2015.8.28

疏理道·安家巷

唯你巷名实足异域情调
——疏理道

"疏官课，理接引"
经解构，纯属碰巧

就这么喊了二百年
理顺了白银流进国库的通道

高丽人安岐治盐安国
于是，安家巷就喊开了

喊出前安家巷五条
喊出后安家巷两条

七条小巷围着准提禅寺转
条条通寺庙……

2013.10.26

十八家

朝代更迭与百姓何关？
历史不会假
被屠的扬城
只剩下这巷里十八家

不恨煞，小巷怎会
用自己的名字将罪恶记下？！

这是一条血流成河的巷子
这是一条劫后余生的巷子
七百多年过去，至今还在控诉
那一场绝杀……

莫说昨天已远在天涯
小巷始终咬住仇恨长大

2013.10.27

马监巷

讹喊了多少年的马监巷
终于又重新挂牌上岗

其实，不回来也无关紧要
明朝牧马监
大清让它像巷口井栏盖那个圆
去敲锣卖糖……

后来被人们喊成马家巷
倒也顺理成章

马监巷曾风流出马
马家巷也风流出人
通草花制作大家钱宏才[①]
就出自巷里制花厂

两盆通草菊在北京怒放
评价：天工不让

2013.10.28

①钱宏才（1921—1992），出身于制花世家。其父钱德云善制通草花、纸花、绢花、银丝花。钱宏才九岁入私塾，十五岁辍学回家，从此走上了制花道路。他制作出来的通草花有层次感，形象逼真，引来上海、芜湖、西安、重庆等地花商订货。1957年，全国第一次工艺美术艺人代表大会在北京召开，他带了两盆通草菊请与会代表欣赏，大家竟分不出真花假花，赞誉他"巧夺天工"。

蒋家桥

那场拓街风暴中
唯巷口那家饺面店跑出来了
站在四岔路口东南角
依旧老牌号

蒋家桥下的水
在饺面店水槽里流着
蒋家桥下的浪花
在饺面店锅里翻滚嬉闹……

变卧为立，弃巷让道
小巷换了个形式存在
三个比斗还大的楷体红字
挂得高高

饺面店成了你形象代言
老扬州爱往这里跑
外地人全凭嘴勤腿勤，方能
吃上你这碗面条

2013.10.29

枇杷巷

远离吆喝
远离铁壳虫堵塞人潮蜂拥
远离嘈杂

也在城中
不是世外的世外桃源，独享
这份古朴天下

枇杷巷不出枇杷
门前也有路，虽不很宽
四通八达

古老而不固执
能替换的都已现代化，唯
不肯松散那副千年骨架

爬山虎爬绿山墙
每年春联一贴，鞭炮
炸笑家家窗口迎春花……

就像从远古邮来的一方方邮票
天天加盖红日邮戳签发：
小巷人家

2013.11.6

玉水巷

两进两厢瓦房的四扇屋盖
围成漏斗式栏圈
井，对天而开

白天漾日
夜晚盈月

井里有银河
井里有天罡
夏日蒲扇摇凉孙儿孙女
舀得智慧万千……

天亦不图虚名
适时拧一拧厚重的那块雨云

水从天降
天井里贮满甘霖
玉水井
不光是名字好听

2013.11.8

板井巷

没有拉链的年代
凡衣都有扣
没有自来水的年代
凡巷必有井

像你这样将造飞机造轮船
千年不烂的铁栗木
踩在脚底
古城唯一

并非贵人一等猎奇
皮市街上皮货交易
来也匆匆
去也急急

人马排队解渴
等不及井水沉淀细滤
你才决定井底铺板
泥沙再无缝隙泛起……

板井水洗濯巷人心脾
甜了一队队商旅

2013.11.10

如意巷

从古旗亭中段向南弯去
竟拾得一个诗的惊喜
西侧，平放着一只硕大如意
墨绿色，自东而西

纯真乃天籁
纯净莫如玉
住在巷内的陈汝衡①
爱故乡，爱祖国，品质玉丽

他精通几国文字
面对傲慢，不把在场人看在眼里
讲莫里哀的法国年轻女学者
先英文后法文互动
问得女郎脸红无语

全场响起掌声
感谢他为中国人争了口气
消息传回故里
都说陈汝衡是如意巷的玉如意

卫尊严，出手了不如意之举

2015.12.26

①陈汝衡（1900—1989），乳名天保、定保，名钧，字汝衡，因其父招于韩氏，亦名韩则诚。1924年大学毕业。1933年开始翻译西方著述。1946年著成《说书小史》，1958年又写成巨著《说书史话》，填补了我国学术史上的一个空白。

陈汝衡爱故乡、爱祖国，毕生致力于古典文学和扬州曲艺，著述在国际上有深远影响。当代著名学者余秋雨在著作《借我一生》中两次提及这位扬州学者。

多宝巷

由东而西，折南折东再折北
折成一把铁灰色大锁
挂在永胜街西隅——

巷口虽凿石刻标记
多宝与小巷无关
与巷内普通人家无关

有钱了，鼻孔朝天了
三张纸画不下他一张脸了
街都横过来走了

游手好闲，用银子打把钥匙
来此心仪
将不该打开的那把锁开启……

交易花季，实为浊水污泥
亦如春日路边野花
夏日败絮

巷道弯出的那把大锁
至今还挂在那里
锁着不该忘却的记忆

2013.11.17

书院巷

四百多年雨淋风吹
书，未被蛀
书院，亦未腐朽发霉

却倒在一个阳光的日子里
倒成瓦砾一堆

钢筋混凝土抢占地盘
维扬书院的梦全被砸碎

还算良心不昧
留下小巷一节
也就一本书的脊背⋯⋯

2013.11.20

昇益巷

顺坡而下足有五六十来
小巷打一把梯子
一头插在小秦淮河边
一头戗在埂子街西

客从水上来，步步高
客从街上来，云飘逸
访友搭船随你意

梯亦路，路亦梯
自古门前无车马
巷里人家成了山里人，出门
不是登高，就是落低

2013.11.20

下铺街

南城门的一根门闩！

都说你有母亲情怀
窄如巷陌的三百米一道栅栏
育出商铺如女，个个娇艳

一朝繁华向辕门桥东移
急得你茶饭不香，坐立不安
甘愿自己冷落，天天好言
劝女儿们出山——

俏女谢馥春就是由你作主
催促上轿
胭脂花粉香了东关……

而今，老店依旧青春容颜
富贵不丢褴褛衣衫
百岁也知感恩，常回家看看
——下铺街摇篮

2013.11.21

东营二圈门

一块又窄又长的磨刀石
闲置上千年了
搁在教场对面辕门桥街东街沿
本就瓦黛色
岁月又给它长出片片苔藓

直到前几年，被一位
刀剪厂退休的陆师傅拾起
确认上等石料无疑
洗洗刷刷，清除垢迹
放进他芦席大半间屋里……

从此，小巷名声大噪
连周边邻县的大厨、主妇
乘车将刀剪带齐
六十八岁的磨刀老人笑了：
磨亮小巷，也磨亮自己

2013.11.21

引市街

趵突泉为济南喷泉
引市街为扬州喷盐

从福运门北侧
为古城喷吐出一条盐路
微微翘起一个坡度
领悟创业并非青云平步？

东方国际大都市
因你，才得以夯实白银基础

集结八方商贾巨富
盐引证券，古城早就运作炒股
把盐引入市场机制
老祖宗懂得经济脉络

这条街富了商家户户
美了古城这颗珍珠

2013.11.22

大、小羊肉巷

两条小巷都不负众望：
小羊肉巷巷口烤羊
大羊肉巷6号琵琶弦响

逆向进巷，先听后尝
顺向进巷，先品后欣赏

烤羊乃纯正回民清真店
清曲乃王万青①大师吟唱

说这两条小巷都生产食粮
一条给人美味
一条给人营养

2013.11.22

①王万青（1899—1972），扬州人，11岁随父王弼成学
昆曲，三年后改学扬州清曲。20岁正式入局。专攻旦角"窄
口"唱腔，大获成功，以嗓音清脆圆润著称。代表作有《秦
雪梅吊孝》《黛玉悲秋》《小寡妇上坟》等。上海大中华

等唱片公司为他灌制唱片，发行全国。1962年，中央音乐学院、中国音乐研究所特派音乐家章鸣来扬为他录制《活捉张三郎》《黛玉葬花》等唱段20多首；晚年著有《扬州清曲唱念艺术经验》和《扬州语言》两部书。

蒸笼巷

古城大车间的一条流水线
曾在线百年、千年

将刚砍来的毛竹破开
将破开的毛竹劈成薄片

将竹片弯成一个个圈
将一个个圈用藤条紧拴

再铺盖赖以生存的地和天
将人间的日子一个个蒸圆……

2013.11.22

兵马司巷

常将军手中的一根兵马杖
布马护城
调兵遣将

平素风和日丽
也为古城监督市场
每三日一次
校勘街市秤尺、斛斗

隐匿于两家店面间狭窄小巷
不足百米长
像柄匕首或一根钢钉
扎向敌人心脏

2013.11.24

鸡鸭巷

繁华大街的东走廊
横出去一条小巷
巷里不是雄鸡打鸣
就是公鸭嘎嘎
整条巷陌像城隍庙倒了山墙
——鸭子吵堂

小巷仿佛成了鸡鸭场
路人掩鼻而过
巷里人家靠它营生
鸡屎鸭粪，久闻不知其臭
反倒觉得有点香……

成了古城大家族的后厨房
鸡鸭储备仓
每天天未亮
巷里灯早亮
杀鸡宰鸭，每天像过年一样
——忙

2013.11.23

古 巷

你丁字型骨架
没了由西而东一横
只剩短短一竖

比不上姜太公直钩垂钓
收笔处挂了个小弯钩
勾着甘泉路，勾住日月如梭

如今依旧有名有姓
当年想吞而不敢下口的那个厂
自身难保，早已易主

横无魂在，古巷不古
只剩一竖，也堪称梁柱
撑起小巷门户

2013.11.23

大汪边

说街不像街
说巷不像巷
空旷一片
大得如湖海汪洋
西北角，泊几十艘船舰

一座很出名的中学
百年飘出众多精英扬帆
作家，学者
一星，两弹……
都从这片汪洋划向遥远——

也是古城最大广场
隆重集会
盛大庆典
志愿军归国代表团柴若川
就在这里发出钢铁誓言……

如今成了城市中心
大汪边的名字不再汪边

逐渐淡出人们视线
唯空旷未变
船舰未变

2013.11.24

雅官人巷

从涛声喧嚷的东关街长河中段
悄悄向北流出一条小溪
僻静得像没有这条小巷一样

不善言辞或不事张扬为官住处
调侃为哑官人巷
哑巴了多少年多少代
清同治年间才拨正过来

长长的小巷确实意味深长
深不可测，万千气象
仅一个叫爱园的园子
就齐名于街南书屋、康山草堂

或许就因为百尺梧桐阁
和那棵千年枸杞根
引乾隆帝龙步光临此园
亲笔写下那副御联

巷名更"哑"为"雅"

一字之讹，残疾尽散

还小巷古朴内涵

2013.11.25

双桂巷

心中早更名为三桂巷了

原有的两棵桂花依旧
12号院里又有一棵桂花树
名字叫丁宁

出生于镇江的丁宁
认扬州为故乡的丁宁
留下204首词的丁宁

剪丁宁的几句词贴于小诗：
"柔肠已断泪难枯
愿教悉岁月
换取病工夫"

才情高雅的丁宁
藻翰精醇的丁宁
赋情方馨的《吾乡好》
让古今的扬州人都醉了——

窄成长条南端不通的双桂巷
恰似一锭硕大的墨
——三棵金桂揉出的金不换
在多子街南侧飘香……

2013.11.26

礼拜巷

北有百岁坊
南有礼拜巷

百岁坊有牌坊
百岁坊比礼拜巷的巷子长
都是南北向

百岁坊出过三个百岁老妪
奇迹却在礼拜巷：
李仲南，男，107岁，土生土长

不是因为巷里有礼拜寺
借助天主咬住生命的长度不放
古城水土宜颐养

无此，美女何能代代出？
古城又怎能屹立东方？

心宽，体才壮
宜居，寿就长

天下礼拜寺千千万

唯你钟声将心房撞响

善心金不换……

2013.11.27

瓦匠营巷

从下铺街迁来的谢馥春
如涌潮鼓浪
地气旺，人气旺，财气旺

地盘扩了又扩
作坊砌了又砌
富了瓦匠营户户瓦匠
赚足银两
几乎全都离巷走光

轮及谢馥春华丽转身
瓦匠营巷的牌子哐当落地
谢家巷崭新搪瓷牌子
——上墙

2013.11.28

仓 巷

蓄水的是库
屯粮的是仓

古城五百多条小巷
你算不上掌上明珠，粮
捧在古城手上

经年满负荷满仓仓位，故乡
才心中不慌……

站在大汪边长河东望
两边恰似运粮船，浩浩荡荡
小巷是桅樯

2013.11.29

新仓巷

引市街身上一个长长的口袋
口袋里装的全是盐

盐储仓储出会馆、戏台
储出魏源一应俱全的絜园

老仓巷储粮
军粮，民粮，备荒

新仓巷储盐
积富，积贵，积善

引市街身上一个长长的口袋
口袋里装着富民强国期待

2013.11.29

大、小莲花桥

通向莲花庵的两条巷道
大也莲花桥
小也莲花桥

莲花庵不存
庵中那口宋井仍在
井前那座方亭仍在

井身，特选凹凸榫青砖圈砌
圈在井底的那轮宋时明月
至今依旧一尘不染——

如今琼花路像条宽阔的河
那截断了的大、小莲花桥
成了斑马线路标……

2013.11.30

轿坊巷

古城多诗行
轿子也能抬出一条巷

二人抬的"油篓子"
三人抬的"双头鸟"
四人抬的"四平八稳"
六人抬的"凤还巢"

八人抬的"八抬大轿"
十六人抬的"八抬八绰"
——八人抬、八人扶的大阔佬

巷里天天办轿展：
官轿，商轿，客轿，医轿
还有蓝呢、青衣、红喜轿……

前杠轿夫领导兼向导
后杠全凭前杠"报路"跟着跑

轿夫脚板飞

老板数钞票，高起兴来
放挂鞭炮添热闹

轿子抬来的一条巷
花轿穿梭，唢呐子叫

2013.12.1

石牌楼

没有牌楼
也没有石头

古城景点一至十的顺口溜
谐"石"为"十"
你在九如分座后

赣人陈简亭
深谙繁华和破落并蒂
典当行像个簸箕张在巷口
——等漏

石牌楼成了当典代名词
金饰，银器，古玩，字画……
当铺流油

孰料，日本强盗一把火
敦吉典当行
片瓦不留

再也未能站起来的江西老表
至今还在控诉那把鬼火
石牌楼，要我记着
又一笔天仇

2013.12.3

蛇尾巷

宁可毁掉自己戕残自己：
舍去让人恐怖的头
舍去长长身子吓人的绳

仅剩下一截短短的尾
也摆在那里
为同平民百姓
在一起……

任南边风箱巷吹来冷
西边蒸笼巷喷来烫
夙愿终究了却
弯成小巷

2013.12.4

务本巷

出天宁寺南行不多远
许是禅在心底涌升
立即右拐至小秦淮河边
涤尘

水乃河之本
桩乃桥之本
地乃天之本
善乃人之本

巷里无一住户人家
阶梯的务本巷拾级而下
河上早就架好务本桥
等你来跨……

2013.12.6

南、北讲经墩

禅的境界是步步高
步步悟禅
最终高成一座品格巅峰

彩衣街墩子
一经尼泊尔高僧驮跋陀罗讲经
北边的无名小巷有了名字
南边的无名小巷也有了名字
两边巷里挤满听经的人……

一千多年前发生的事
一部《华严经》
由东向西或由西向东看：
小巷依旧写着一个大大的人
耸着一座高高的山

2013.12.5

金雀巷

没有典故，没住过官员
未出名人，未出富商
一条又短又窄的南北向小巷
像支竖笛贴在彩衣街唇边
吹与不吹，都响

家家都养芙蓉鸟
宛若一个个金色的活的音符
不管大门的笛孔关闭还是开启
雀们天一亮就唱
悦耳且悠扬

世代传承着这一习俗
难怪老街告诉路人：
小巷是金丝鸟叫出来的

2015.8.29

彩衣街

东接东关街车水马龙
西接大东门街百业兴隆
干脆充当一把裁衣的尺子
你天天量出兴高采烈
对接两条繁华中……

布庄，丝绸，绫罗
街两边裁缝铺三步两重
家家裁缝挥汗执剪
亦如燕尾剪春风
剪来人头攒动

短打，马褂，长衫
旗袍，小袄，羊绒
诚意平民，也不拒绝皇宫
有钱不赚才是呆子，小街
日出迎朝霞，日落夕阳红

2013.12.7

大、小可以巷

找不到你巷名的源头
典故里没有
传说里也没有

巷口直对南河下
问路人，摇头
问巷里人家，也摇头

莫非指盐引：
大宗可以做？
小量也可以批？

莫非指钱财：
大额可以入钱庄？
小数可以当面递？……

西瓜也可以，芝麻也可以
两条小巷
还得让我继续好奇下去

2013.12.7

兜兜巷

不起眼的手艺活
竟也能做出一条巷

扬州老老祖母们妙龄时
凭一根绣花针和一只针线筐
兜出一勺盛唐风光

将传说当真也无妨
杨贵妃系用的肚兜兜
就出自这条兜兜巷

难怪也兜住了我们穷苦童年
护心护胃
从不着凉……

就因为最宠的贵妃所爱
皇帝才误入小巷入兜兜

2013.12.7

育婴堂巷

唯你既咬着恨又咬着爱
一拨拨长大的婴儿出巷
一拨拨新生弃儿进巷……

永远长不大的育婴堂
永远长不大的育婴堂巷
儿时就知道你俗名：小人堂

走了七十多年的路
今年决定行吟故乡读小巷
才读到了你：育婴堂

四姐落地就被送到这里
倘若五胎不转
我的命运肯定同四姐一样

我在育婴堂巷寻觅四姐的脚印
我在育婴堂前仰天呼唤：
四姐，今在何方？

2013.12.8

如来柱

丁家湾的盐商巨贾
富得自己也觉得有点离谱
借巷南多条分支小巷
撑出根根如来柱
镇邪镇恶清孽清魔驱狼驱虎

八面的如来柱
上刻如来佛像
其下依次竖刻诸神：
南无阿弥陀如来
南无妙色如来
南无多宝如来……

西侧三条小巷只一条可进可出
其余出口全无
不通，正好以地为础
小巷因柱而名，因名而禅
禅房禅路，禅成佛柱

2013.12.9

三元巷

出过三名状元的小巷
不因为此就目空一切
依旧布衣布衫布鞋
平平常常

巷名几易
牌坊竖石
皆为昌明圣学
将一种精神弘扬

依稀听得你语：
天降吉祥
仅一架云梯而已
托他们展翅飞翔……

如今早已汇入时代大潮
身影全无
人们却在文昌阁附近比比画画
勾勒你的模样

2013.12.11

花局巷

管你小巷东西向南北向
宅基一律坐北朝南
花局巷两边都是高墙大院
门牌仅作伺者门岗

最好乘飞艇鸟瞰
巷道成了乡间小路
路的两边
各家花局尽收眼底
姹紫嫣红任你饱览

风景两边都好
一幅幅美、一幅幅鲜活画卷
今人爱"饭局"，朵颐愉悦
古人爱"花局"，秀色可餐

2013.12.12

串殿巷

成功在盐

屯金屯银
离开故土，迁来古城久居
竖起豪宅一片
为怕天火人火
东西几排高门大屋
排排均设火巷
免遭成片涂炭

败落也在盐

钱多了，盐成白粉
抽光了金山银山
变卖房产
统一血统的一个姓氏
成了大杂院
火巷功能改变
名曰：穿店、串殿……

2013.12.13

龙背不称街也不称巷

民众说：开掘小秦淮河
挖上来的堆土

佛家说：自天宁禅寺游出
经天宁门街又横穿彩衣街
昂首南去龙头关
那条龙的龙背显露——

由低而高，缓缓坡度
五十三阶条石乃龙鳞铺筑

为拓宽世代后人视野
乘龙远目：不远处
北柳巷，董子祠前
站着圣贤董仲舒……

2013.12.15

缸 巷

从不卖缸也不补缸
用六七个忒大的环状圈
套来整条巷子署名权

缸虽粗粝，滴水不漏
专管这方外街火烛太平
百年摆式，是你心愿

后来在土地庙地下如数挖出
打开缸盖，状态未变
依旧满缸笑颜……

2013.12.18

芍药巷

不光是家家种植芍药
更要育出天下无双
一说，借得宫中官带
一说，皇恩浩荡……

花季，身着或红或白或紫飘逸
腰间拴一圈黄丝带妩媚
曰：金缠腰或金带围

依旧不出芍药家族
却已出类拔萃
萃也不出小巷故里

难怪人们不顾颠簸劳顿
赏毕洛阳牡丹花中之王
即赶来扬州芍药巷
造访花中之相

2013.12.16

嵇家湾

挂着嵇家湾2号门牌
整条巷陌只剩下这一隅
其他都像铅笔画
统统被橡皮擦擦去

算不上豪宅
却十分玲珑恬淡
线条、棱角如铁钩铜蒂
风吹不散，雨打不烂

一厅一室
一石一木
镂空花窗，卵石铺地
养眼……

庭院中间筑一花台
台上戗块特制名片：怡庐
小巷形象代言

2013.12.19

黄牛巷

传说少说也有几百年了
至今鲜活，未见它古老

河对面洼字前街金家宰牛坊
一头黄牛拒绝死亡
夺路而逃
跳河，拨波踩涛
捞，救命稻草

吴道台山墙南有一巷道
也不管它通是不通
先将前半个身子藏匿进去
顾不得屁股撅得高高——

那泡断断续续惊恐的尿
犹如绝望泪水，一路撒抛
那堆冒着热气的牛粪
喜鹊酷喜这模样，如获至宝
搬上树作巢……

2013.12.20

牛奶坊

并非牛奶作坊

专事培训吃牛奶长大的
外国女子，让她们
吃中国饭喝中国茶说中国话
除了外貌
彻里彻外中国化

布道学校官话学校会训练所
虽不能脱胎换骨
志在打造传教士本土盔甲
让西方圣水在东方流出分汊

不出牛奶的牛奶坊
一条二百多米长南北小巷
巷里人家依旧中国风尚
吃饭用筷
门前供香……

2013.12.21

极乐巷

从西方极乐世界择取的名字
坐北朝南极乐
面前这条窄道便称作极乐巷

你中有我，我中有你
闭目"阿门"也罢
闭目"弥陀"也罢
纯属信仰

你右手划十
我双手合十
不同皈依，同修善良
就像两条河并排流淌……

比大明寺建寺还早，堪称上院
寺里所有灯光，全赖东方
隔壁振扬电厂电流点亮

2013.12.22

报恩寺巷

极乐寺位于古城之西
报恩寺位于古城之东

花有红几分
人有不同人：
西方忙极乐
东方忙报恩

巷口正对北河下
穿过街道，穿过城墙
古运河自北向南流淌——

佛力无边，抵达心中虔诚
一路无山无河可挡

报恩寺为古城千年叩首
巷口成了硕大磬钵
诵夫差第一锹，挖来
波碧鸥翔……

2013.12.23

正谊巷

巷为儒学大师董仲舒而开
正谊（义）明道
还真明道出一位才女画家

经道士朱竹楼悉心授艺
二十五岁的她即用笔老辣
画走天涯

颜裴仙①还擅诗善书法
"归来东阁下
写此疏影斜"

一条不起眼的南北向小巷
酷似一垅苗圃生长佳话
开出一朵茉莉花……

2015.9.1

①颜裴仙（1904—1981），名丝，字裴仙，扬州人。其
父名涧，字二民，工魏碑，但求其字者寥寥，不得不零售酱

油，以贴补家用。裴仙亦工魏体，若学画则非重金聘名师不可，为颜二民实力所不能及。后颜二民与道士朱竹楼成文字之交，朱竹楼愿收裴仙为徒，悉心传其艺。颜裴仙自幼聪颖，25岁即用笔老辣，享誉画坛，成为扬州著名女画家。

常府巷

通往常遇春将军住处的长廊

三米宽，二百米长
俨然一条出征大道
阅兵验枪
仅西侧至粉妆巷，就撑出
卸甲桥张甲桥大、小实惠巷
——四顶特大营帐

常府巷有没有常府已不重要
家家都是将军的铁壁铜墙

已经怒火中烧：民亦兵
卫城方能保巷
要钱有钱
要人有人
要粮有粮……

而今巷内平常人家平和景象
不置身那场兵荒

很难想象你金戈铁马全副武装
堪称：古城的脊梁！

2013.12.25

观音堂巷

或许人为，或许天意
恰似观音堂里观世音菩萨
伸出的有力臂膀
将育婴堂紧紧搂在怀里

苦命的孩子彻夜哭啼
淹了江河，碎了天地
泣诉生的权利

两条小巷毗邻抱紧
大慈大悲的千手观音，将
行将摔地的一条条弱小生命
托起……

2013.12.26

戴家湾

也就几十米长的窄窄小巷
竟让人走得喘不过气来
接连三个左弯右拐

如坠入迷宫
步步车到山前
到时又碰鼻转弯——

正拐角，一家雀笼出墙
金丝鸟振翅抒怀
巷破天开……

2015.9.15

夹剪桥

借永胜街东侧开个岔道
向东北方向伸去
像只夹子，又像一把剪刀

与湾子街斜街比肩而行
湾子街街长
夹剪桥巷短
古城晾晒的一件长衫和一件小褂
短打也潇洒——

奠定剧种地位以唱腔见长
李开敏①就在这巷里10号
破土，茁壮
梳妆台，探亲，堆字大陆
扬剧曲牌，被她唱成绝响

就像歌，人人会唱
没有一人超过邓丽君
扬剧，人人会唱
没有一人超过李开敏

李开敏堪称扬剧的邓丽君

不起眼的小巷又短又窄
瑞气吉祥
香火戏香火又续
她将儿子培育出扬剧王子
后浪越前浪

哦，两条街巷平行不同路：
湾子街，商河流淌
夹剪桥，琵琶弹唱

2013.12.27

①李开敏（1939—　），扬州人，中国戏剧家协会会员，江苏省戏剧家协会理事，国家一级演员。1953年从事扬剧表演艺术。1956年，著名扬剧表演艺术家高秀英收她为徒。自1982年以来，录制扬剧录音带《李开敏唱腔集锦》等15种，销售逾70万盒。她唱腔清丽，甜润动人，极富韵味，自然天成。塑造的数十个各具个性的古今妇女形象，无一不受人喜爱，上海观众称她"广陵一枝花"。一位资深位高的文化官员评介：李开敏的唱腔天赋如天籁之声，前无古人，后也未必能出来者。

皮市街

潮水般涌来的皮货商
突然退潮
都走了
带来的皮货也不带走了
将它们一一翻转过来
毛朝下、皮朝上铺满长街

窄如巷道的皮市街
确实宽出了不少
可宽，不一定就比窄好

每块皮子都长出癞疙疱
车轮嫌颠簸
路人嫌硌脚

皮革变异或与霉变有关
刨也刨了
磨也磨了
好不了多少
随手拣粒石子甩出去

不必担心会将人砸到

古城繁华早已越过古老城界
唯位居市中心的你
名为步行街
实无脚步
成了空街

2015.8.19

万寿街

街上商品几乎统一品牌
香烛一条街
偶有几家饼面素食店

清清爽爽、清风雅静一条街
横在万寿寺山门前
迎虔诚者登高望远

人在做，天在看
仁善乃天地通道
千年不衰

善果结在文化大树上
拓成学堂，上学放学
依旧热闹你每一天

2015.9.12

诗意万寿街

眯起眼睛端倪
不管是昨天还是今天
你都在我眼睛里翘起——

盛唐开山寺
你是一架梯
搀扶香客登高拜祭

后来办学堂
你还是一架梯
托举学子登峰造极

今日雨后造访
远远见你
成了一道彩虹落地……

2015.10.10

二畔铺

不因你紧贴古运河东岸
洼字后街之北
地处城郊接合部
才唤你二畔铺

童年记忆里有你
一条羊肠似的路全是泥土
房是茅棚加矮屋
到处都长着杂树灌木

印象：街不像街，村不像村
七拼八凑的外来户

后来才知晓
轿子盛行的清代
小码头为头轿铺
花轿仪杖配套，两条腿走路

唯你缺少后一条腿
只能称半铺轿房

半铺讹畔铺
小巷的牌子才挂住……

结语：开巷在谋，商家百户
终于走进都市队伍

2015.9.27

巴总门

古城的盐商都像一本书
一本宽宽大大厚厚的书
总门是封面
里面尽画图

扬州总门多
唯你最特殊：
徽州歙县渔梁人
弟兄巴源绥、巴慰祖

都是从盐中扒出白花花银子
置地，砌房，造屋
富门不腐
户枢不蠹

富于收藏精于篆刻的巴慰祖
为祖，卫祖，告慰列宗列祖
他成皖派歙中四子之一
完美了一个巴氏家族

2015.9.28

猪头山

天山汉墓就礅在你猪头上
原与东南小山连成了一头猪
西南一口方塘成了猪食槽

怕它成精作怪
古人在猪颈部开出一条路
——将猪头割断

又在方塘里栽满了木柱
正中央造一座亭子
取名：小方壶

不是方言中不像二万的猪头山
你是长得有模有样的猪头山
亲切称呼如故

2015.9.29

状元巷

不管这条巷子有什么秘语
弯几个弯拐几个拐分几个岔
统统都挂状元巷
讨个吉利

巷子是为宋代状元蔡蕠而开
巷口建牌坊
其实就是让蔡蕠站在那里
——状元及第

曾一度被改作状云巷
巷里人家眼冒火、头冒烟
奔跑了好多年
才又将你名字改正过来

如今状元已退出历史舞台
含义仍在精神支柱里
人往高处走
小巷为你架起登高的梯

2015.10.1

买春巷

春，岂可拿上街买卖？
人皆唾之：俗不可耐

并非巷内有此不齿
只因开了家买春茶馆
弄腥了一条街

唯几个公子哥猎奇光顾
离开公众视线
茶馆不倒自关

店可一关了之
小巷天天丢人现眼
无颜，挺直腰杆……

直到解效后小巷才翻身
买春换成迎春

2015.10.2

粉南巷

就算粉妆巷胭脂花粉有奇效
能抹妍出个把画家
粉南巷虽在你南段折西
李亚如①不是你能装扮出来的
他诗书画印熔一炉
还擅小说、戏剧

从小在巷里长大
香粉味给了他美
画也成幅诗也成行印也成方
几根丝瓜在画里细细粗粗：
莫道丝瓜老
去污尚耐磨……

隶书题款，宽松自如
一方自治印章将画脚压住

2015.9.30

①李亚如（1919—2003），扬州人，著名书画艺术家、

作家、戏剧家，出身于一知识分子家庭。李亚如在美术、书法、文学、戏剧、诗词等方面具有较高造诣，尤在书画上有很高成就，被誉为"扬州八怪"的杰出传人。曾任扬州国画院院长，官至扬州市副市长。

马市口

有人牵马来，空手走
有人空手来，牵马走
有人牵马来，牵马走
卖马，买马，换马
你来我走，他来你走
走出一个马市口

没有草原的古城
养马抗敌铁骑
相马、试马
饮马、洗马
洗马桥应运而生
桥下潺潺流水
千年不腐不锈

犹如当下轿车大卖场
辆辆崭新透亮
当年马入广场也一大盛事
昂首奋蹄，马尾高扬

如今马市口无马无市
马匹早随朝代远去，偶尔夜半
也能听得几声嘶吼……

2015.10.3

东岳巷

东岳庙早已废圮
废圮不了禅地光环，离庙不远
突兀一座山——

山东泰安有东岳泰山
古城东岳巷有座画山
全称：扬州国画院

大山全由画家矗立而成
亦如自然界山峦一样天然
上小下大金字塔般

山顶也有"五岳之尊"
——王板哉[①]，山东日照人
一九三七年八十幅画毕业参展
竟有六十幅齐白石亲笔题跋

画山上还有诸家临风望远：
李亚如、李圣和、吴砚耕、何庵之
董庆生、宗静风、朱旭、陈忠南……

更有一拨后起之秀
集结在扬州画境第一人麾下
尽情将才艺施展

如今画院早已西迁
人们过此总要驻足巘园
依恋那座拔地的山

2015.10.4

①王板哉（1906—1994），山东日照人，字语讷，号半
呆、半憨，原名兆均，后更名板哉。中国美术家协会会员，
中国书法家协会会员，国家一级美术师。1933年考入北平艺
专。毕业后为了生计，曾闯关东，去河南，终不得志；也曾
落脚南京，种菜为生。后来到扬州，先在中学教书，后调进
国画院，走上了专业创作道路。他在扬州生活了50年之久，
当是扬州人了。他牢记齐白石大师"学我者生，似我者死"
的名言，走创新路，终得"王老紫藤，江苏第一"和晚清以
来"扬州画坛第一人"的美誉。

毓贤街

清一色砖铺路面
几乎没有一家商店
一年到头鸦雀无声

街不经商不等于不爱才
胡瑗先生创立的安定书院
朝诵四书满街
晚吟盛唐诗卷……

转眼上个世纪末
街上试开一两爿小饭店
谁料火锅涮出了新天地
一花引来百花妍

宋代：静谧得像条小河
担当文脉传承、疏通、积淀
当今：吃火锅像不要钱
霓虹闪烁不夜天

2015.11.14

参府街

小巷地位一跃成街
与得胜桥隔街相望
径直朝西南方向伸延

一朝参将府毁圮
曾辟为马戏团演出场地
后又搭芦席棚演出扬剧

你不畏位高权势
却记住穷人袁润之
捏相艺人，祖籍兴化，豁嘴
捏谁像谁，全城无不称奇

街小也有品位
该记住的，一代代传承下去
不该记住的，全都忘记

2015.11.15

小耿家巷

尽管与耿家巷平行
你短，它长
巷口都搭在皮市街上

全巷只有三户人家
有左无右，东端不通
门牌也不分左单右双

就像一支三孔竖笛，充其量
将哆来咪换糖的调调吹响
唯巷里耿氏诊所，曲调悠扬

第六代传人十八岁悬壶
与父耿蕉麓同坐医馆厅堂
双峰并峙，双星明亮——

不是御医，胜似御医
耿鉴庭两次被邀
天安门城楼国庆观光……

名为古城之最的一条小巷

巷窄：心地宽广

巷短：路在远方

2015.11.16

甘泉街

依旧东接小东门
西穿南门街
与汶河上太平桥握手言欢

县衙府早已停止了办公
府前繁华胜过从前
体验今日之繁忙和盛世
请来这条街衢饱眼

许是到了发福年纪
许是与时俱进之需
拓宽成十二米，将昔日三条街
拼在一起……

2015.11.17

堂子巷

总爱将你同大树巷品茗一壶
粉妆巷至南门街之间的你
百米多的巷道
也被盘进你巷里的小盘谷

旧城新城小盘谷
不与盐商比豪府
只为一份安静，避寒避暑
盘谷书屋，盘腿读书

盘谷精轩：知足知不足
整条巷子都在陪读
乾隆来此也欣然命笔：
旧城读书处

2015.11.18

赞化巷

说你是赞化宫门口两面石鼓
敲出来的

也说清乾隆初年
宫里乐仙坛上吕洞宾造像
吕祖庙、庙出来的

存在都是合理的
你是系住赞化宫这枚坚果
左右伸来的两根粗壮藤蔓——

巷里有座平民中学
先行者办本杂志《写作与阅读》
官家想投降
平民要抗战

游行队伍在呐喊
投降必亡
此刻的小巷是长剑……

2015.11.19

枯井巷

又窄又短的一条巷陌
像南河下南侧置放的一根灸条
在燃……

巷内有眼无水枯井不假
有了"年"字号中医外科
枯井不枯，户户兴旺
平平安安，花般容颜

张鹤年、陆松年、陈噪年
陆茂年、陆椿年、常济年
陈焕年、窦祝年、姚瑞年
周跃年、叶洪年、王鉴年

中以陈噪年为例：
汤汪宦桥人，医术精湛
人大选他代表
政协举他委员

而你也十分荣光和灿烂

从无腰酸背疼、偶感风寒

健康几百年

2015.11.20

油货巷

恰似一只油壶篓子
墩在安乐巷北口
壶篓里插着一个琼花观

巷里家家制油货
前面开店后作坊
油桶，油布，油葫芦
油壶篓子吊在梁上晾

隔壁沾油货光的纸伞店
最是三月桃花雨
戴望舒笔下的一袭袭旗袍
将小巷也扭出了肢腰……

红油纸伞摇成朵朵玫瑰绽放
满巷胭脂花粉
满巷桐油香

2015.11.19

水仓巷

新仓巷储盐
老仓巷储粮
埂子街140号旁边的水仓巷
"事有备而无患
门虽设而常关"
——名存实亡

巷里人家一派兴旺
陆履峻融各种画技于瓷
荣膺当代青花瓷王，在凤凰岛
办起第一座艺术瓷窑
名曰：瓷韵山庄

弯来拐去的水仓巷
无贮水的水仓巷空有其名
却有艺术浪花飞扬……

2015.11.20

屈　巷

没有故事，没有传说
没住名家，没有意象
只知汶河南端西侧
南接城脚跟，北接毛牌楼
也未留下多宽多长

儿时走过一两次
几乎抹除了印象
想再去探访，全无踪迹
影子也未留下一横

说是被一家医院占用
心中不屈，无限迷惘
你却朝我微笑，存在过
无须不屈，知足人间沧桑
变作医道当是褒奖

2015.11.29

砖　街

一条盛极一时不足二百米短街

缘何命此名？无从查考
街上并无制砖卖瓦的瓦窑堡

趁势整体迁徙并插入的翠花街
不知何故，被众口掩埋
喊成你的名字，或砖街北

财运难料，百行百业扎堆而来

如此，你成了三百多米长衢
北接辕门桥，南接引市街

或许，就因你没有太多奢望
诚实经营，薄利买卖
商窑大火将你烧成金砖一块

2015.10.5

宝华里

巷底漂来一对剖开的匏
畣物华天宝
你高兴得手舞足蹈，像要
荡起小巷当绳跳

慕名者前来探幽
小巷舒臂恭邀
巷壁列队迎
青砖铺廊桥——

这里的廊桥不遗梦，东园赏心
极西似已穷尽，孰料
角门一撩
又一幅月圆花好

都说古城的小巷多女性
宝华里堪称一钗
匏庐才将两座花园的瓢
择你膀湾里停靠……

2015.11.30

东关街

东边关住了一河水
西边关住了一城人

条石铺街
两竖三横
花丛中
是你撕开一条缝
拉动了一座城

三家，五家，百家牵手
五年，十年，百年营生
才牵来百业吆喝
一片璀璨星辰

如今古渡早已停篙
街市依然春潮滚滚

人说你：
脚踩彩衣（街）铺
古运河当枕——
你悄言：

千年不困

只为夜深人静
觅听大唐涛声……

2008.4.15

一条有记忆的街

从古城古字首笔的那一横
横出了长长的你，1122米

是向开挖第一锹运河土的夫差
借他锹柄为梯
从古渡口上岸，奔西而去

从此，这条街名声鹊起
商运亨通
财源滚滚，财思敏捷

记忆大唐的每块金砖玉瓦
记忆宋元明清车辙
记忆街上各国商旅——

而今找回记忆中的自己
天天人潮如涌，满街浪花
翻腾美丽……

2015.12.10

捏面人

老街上，成天围着一圈人
不为看戏观灯
——都在等

等她指尖翻舞
等她作品交付，轮及自己
被她揉成面团、搓成彩泥——

都夸手艺了得
她笑笑：日子舒坦
还未捏到一张愁眉苦脸

实话，而今捏像并不难
个个花容欢颜
我只是捏捏花瓣……

2016.2.1

铜铸：黄包车夫

停在城门口，一副待客模样
真想乘坐你的车，逛街逛巷

只好上车过把瘾，照张相
这也摸摸，那也锃锃
青铜的车青铜的人都被锃亮
亮出金子般光芒……

说你刚从浴室泡澡出堂
精神抖擞，满面红光

2016.2.3

铜铸：剃头挑子

特意摆摊谢馥春香粉店门口：
女人要搽梳头油
男人要剃头

一张板凳，客坐
你半欹着身子，手执剃刀
躬成了一个"？"

问天？问地？闭目摇首
剃头挑子是你一生全部拥有

2016.2.3

铜铸：磨剪抢刀

正忙着替顾客抢刀磨剪
为让今人看到昨天，定格
雕塑在老街街边

那声抢菜刀的粗犷长调
不蚀不锈
依然十分清晰
在历史长河对岸吆喝

2016.2.5

铜铸：修脚师傅

将澡堂一角搬来大街上

一丝不挂也有法子显贵
搭条帕子，翘个二郎腿
手托一把小紫砂茶壶摆威

管你穿皮鞋穿布鞋穿草鞋
都一样，让我挣钱买米
助我攀梯……

斜乜目光炉火炼出这手刀艺

2016.2.5

铜铸：鞋匠

鞋店是为有钱人开的
面料从锦缎、哗叽到哗哒呢

你像把锥子，巷子里钻来钻去
对那拨好动学子
前露生姜、后露鸭蛋的鞋
总是后跟镶个帮、前面包块皮
把鞋补得结结实实

你深知人人脚下的路都漫长
鞋要跋涉生存苦旅……

2016.2.9

铜铸：滚铁环

前拉、后推、掏螃蟹赶路
遇上巷口急转弯
羊角辫甩成了货郎鼓

旁边站着今日男子汉
买得闪亮铁环，买不来童年
九牛二虎，也滚不出两步

发现你滚的是废弃马桶箍
答案终于被他悟出：
快乐不在穷富

2016.2.23

铜铸：街边大厨

大厨上街
外卖？

厨刀一把
五花肉一刀
砧板一块

莫非在等客人点单？
小炒，切成丝
粉蒸肉，切成片……

色香味形俱全
维扬菜早誉满京城国宴

大厨上街
品牌？
——民以食为天

2016.2.10

铜铸：抽陀螺

连脑勺后鸭屁股的小尾巴
也跟着手中的鞭子甩来甩去
抽得陀螺遛起来转——

几位观阵老者击掌称许
欣喜裹着笑语——

待少年长出胡须
定悟出今日之陀螺一夜长大
长成他自己……

老人说：
我们都是这样被抽大了的

2016.2.23

铜铸：踢毽子

借几根雄鸡尾羽
插在铜钱底座一截鹅毛管里
一举足，就能飞高飞远

上升快如箭
下坠降落伞……

不分男孩女孩
童趣不花一文钱
童年值钱

2016.2.25

画糖画

熬一锅糖稀，作墨
小小铜勺，为笔

糖，画出的花鸟虫鱼
除了孩童，年青人也很乐意
赏毕，放进嘴里……

你这里，画饼不仅可以充饥
还可朵颐

2016.2.18

冰糖葫芦

终于把心中的喜悦穿成了串
——红红的

再在熬好的冰糖锅里打个滚
裹上一身冰盔亮甲
——脆脆的

将今天的好日子也串成糖葫芦
——甜甜的

2016.2.2

吹糖人

一坨热糖裹于管前吹抓捏拿
吹猫吹狗吹鹅吹虾

骑在大人肩上一男童
无意回答了那首"回娘家"：

丢了的那只鸡，刚被他啃完
右手正抓着跑了的那只鸭……

2016.2.18

赵氏汤圆

每年东关街上的雪
无论下多下少、下大下小
都不会让你看见

全被剪刀巷赵家扫回家去了
不取糯米粉加水揉面
天天用大竹匾滚雪球
谓之：叠汤圆

一筛筛，一匾匾
飘出巷口，店堂里水沸锅开
满锅半个月亮爬上来……

2016.2.19

搬不走的东关街

眼馋你日进斗金、游客潮涌
也想搬回去造一条，繁荣繁荣

殊不知，昌盛之路赓续上千年
多少代街坊守圆的长街梦
多长？一千一百二十二公尺

先烈曹起溍，画家顾伯逵
古有田贵妃，今有庄则栋……

他们就住在金桂圆巷，羊巷
田家巷，牌坊巷

逸圃，个园，会馆，长乐客栈
像卫士站立两旁，昂首挺胸

街边行业人物铜铸，再现传统
画糖画，捏面人，篾黄编鱼虫

那辆黄包车，你摸他摸摸成金
文脉乃命脉，商运亨通贯西东

不是烟花三月天，扬州也春风
搬不走的东关街，天天人哄哄
就像古城的大门刚呀开一条缝

2023.9.13

斜街不斜

古城老街都呈龙舟状
不太宽，却很长
两舷都佩小巷的桨

湾子街
你同所有老街一样也不一样
非南北，非东西
自东北而西南破浪——

并非迷航。
斜街不斜
圆了一队队商旅朝思暮想

两边舟楫也不拘泥对仗
桨多船快
直插龙头关报关入港

说的也是，从茱萸湾落脚维扬
匆匆赶往东关渡口进城
一头雾水

又钻进街巷编织的网……

商人腿功见长
不怕劳顿
就怕晕头转向
心疼：弯拐走的都是银两

2016.11.26

小巷簪花图

砂锅井1号李圣和
井水研墨，研出书画双馨
红毛狮巷的吴砚耕
承父业，将菊花种在宣纸上

广储门街的郭坚忍
搬来外面世界，办女子学堂
地官第的扬华，将美丽扬州
演绎成女高音歌唱

黑婆婆巷里的黑婆婆
视媳为女，美名世代颂扬
广储门外街的张玉良
走进巴黎，走进罗马艺术殿堂

哦，还有大实惠巷的杨祖彤
回族扬州女，戎装出巷
夹剪桥10号的李开敏
扬剧曲牌，被她唱腔演绎出绝响

观音堂巷有观世音
育婴堂巷有护婴孃
兜兜巷绣女，为杨贵妃肚兜兜
飞针走线忙——

双桂巷12号丁宁，祖籍镇江
李清照的词风在她笔下流淌
更有户户主妇，小巷的半边墙
锅碗瓢碟响叮当……

都说三个妇女一台戏
古今接着唱
都夸扬州小巷腰身美
众女子参与编织的一张网

2013.12.29

扬州小巷

一颗硕大无比的心脏
跳动了两千五百年
依然搏动如鼓
且越发妩媚，动人
唯海市蜃楼落地
方能与之派对

揣一片痴情
怀寻梦迷惘
趁月光，漫步小巷长廊
飞檐翘角
两壁夹道
弯弯曲曲拐拐
细细窄窄长长
远处那盏路灯一闪
终将诗情点亮：
如网的小巷
——古城的根根血管

哦，古朴的小巷
密居的家家户户宛若蜂房
来来往往的人群
不正是一滴滴血浆么
一代接着一代
为古城流淌……

2005.12.2

犁巷（代跋）

不识字的农民父亲
发誓砸锅卖铁
也让我这头牛犊离棚出村

先是十年寒窗
后将户籍扎根
就这般，农人之子如脱壳之蝉
飞进了城

老来无事
望天天书，望地无文
无奈钻进小巷血管……

老牛竟将小巷读成一条条田埂
不管刮风下雨烈焰高温
天天拉着诗的铧犁
钻进巷陌，细作深耕——

或典故，或传说，或遗存

耕出230首小巷的诗
乐了我的故乡人

岁末，又独自串巷回门
自己清楚：不是诗好
全仗小巷深藏不露
底蕴博大精深

2013.12.30